Undergiven Student och andra berättelser

Erika Sanders

Serier

Dominans och erotisk underkastelse

Omslagsbild: @ Engin Akyurt - Pixabay, 2023

Första upplagan: 2023

Synopsis

Den här boken består av följande berättelser:

Undergiven Student

Mycket förstående läkare

På kontoret

Undergiven Student är en roman med starkt erotiskt BDSM-innehåll och i sin tur en ny roman som tillhör samlingen Erotic Domination and Submission, en serie romaner med högt romantiskt och erotiskt BDSM-innehåll.

(Alla karaktärer är 18 år eller äldre)

Anmärkning om författare:

Erika Sanders är en välkänd internationell författare, översatt till mer än tjugo språk, som signerar sina mest erotiska skrifter, långt ifrån sin vanliga prosa, med sitt flicknamn.

Index:

UNDERGIVEN STUDENT OCH ANDRA BERÄTTELSER
ERIKA SANDERS

UNDERGIVEN STUDENT

FÖRSTA DEL
REKOMMENDATIONSBREV

KAPITEL I

Cynthia satt utanför professorns kontor.

Slutproven närmade sig, vilket innebar att professorn hade fullt upp med att träffa studenterna.

Han väntade minst tjugo minuter medan lärarens dörr förblev stängd.

Jag var lite nervös i väntan på den här läraren som var typiskt sträng.

När dörren öppnades såg han läraren prata med en annan elev, som gjorde sig redo att gå.

Cynthia reste sig när den andra studenten gick, och professorn vände sin uppmärksamhet mot henne.

Han var en lång, välklädd man, gift och omkring femtio år gammal.

"Cynthia, det är trevligt att se dig," sa han. "Har du en dejt?"

"Nej. Jag är ledsen, professor. Det här är en sak i sista minuten."

"Jag är säker på att du känner till min policy angående möten. Jag hoppas att en tid bokas först, annars skulle det alltid stå en lång kö utanför min dörr."

Hon tog ett djupt andetag och försökte samla förtroende.

"Jag inser det. Men det är ingen här just nu. Jag är säker på att du kan göra ett undantag för mig."

"Bra. Bara för att du är en hårt arbetande student. Kom in."

Han visade ett konstigt leende och vinkade henne att gå in på hans kontor och stängde sedan dörren.

Professorn satt bakom sitt skrivbord och Cynthia satt framför honom.

"Hur kan jag hjälpa dig?" frågade han och blev bekväm i sin plats.

"Jo, jag har funderat mycket på sistone och jag har bestämt mig för att söka till juristutbildningen till nästa år. Jag har redan gått inträdeskursen och lyckats få en hög poäng. Mitt snitt ligger också över B+."

Han nickade.

"Ett intressant val. Jag tror att du kommer att klara dig väldigt bra i juridik. Det är inte lätt, men du har verkligen personlighet och hjärna för att göra det."

"Tack", log han.

"Jag antar att du vill ha ett rekommendationsbrev från mig?"

"Det är därför jag är här. Du är den första läraren jag någonsin har frågat, och jag hoppas verkligen att du gör det åt mig."

"Så, jag är ditt förstahandsval? Varför? Jag är nyfiken."

Cynthia kände sig lite skrämd.

"Jo, han har ett bra rykte på det här universitetet. Och han är också institutionsordförande, vilket jag tror kommer att se bra ut på min ansökan."

"Jag har också kopplingar till de bästa juridikskolorna. Visste du det?"

Hon nickade blygt.

"Jag visste det. Jag menar, jag hörde det från andra studenter. Men jag var inte säker på om det var sant eller inte."

"Jag har nära vänner som sitter i antagningskommittén på några av de bästa juristskolorna. Därför är mina rekommendationsbrev till stor hjälp."

"Kan du tänka dig att skriva ett brev till mig?" frågade hon med en blyg ton.

"Jag kan inte", svarade han rakt på sak. "Tyvärr är du för sen."

"Varför? Sista ansökningsdag för juristutbildningen är i början av nästa år."

"Sant. Men jag skriver bara två rekommendationsbrev i slutet av varje termin. Det är min personliga policy. Annars skulle jag behöva skriva brev till alla. Då skulle mina rekommendationer vara värdelösa, eftersom vilken student som helst till mig skulle kunna Skaffa en. Är det vettigt för dig, Cynthia?

"Har det."

"Om du hade kommit tidigare, då hade jag gjort det åt dig. Du är en av de duktigaste studenterna jag har haft de senaste åren. Och det betyder mycket, eftersom det här universitetet är fullt av begåvade studenter." "

"Om du tror att jag är en av dina bästa elever, varför kan du inte göra ett undantag för mig?" vädjade hon.

"Jag sa det. Min regel är två rekommendationer per termin. Jag följer alltid mina regler. Under alla mina år av undervisning har jag aldrig gjort ett undantag. Någonsin."

Hon höll ner huvudet en kort stund innan hon återtog sitt lugn.

"Jag förstår", svarade hon och förberedde sig för att gå. "Tack för din tid, professor."

"Vänta", sa han och stoppade henne. "Du vet att jag går i pension i år, eller hur?"

"Ja, jag har hört det".

"Detta blir min sista undervisning för terminen. Jag skulle kunna skriva ett rekommendationsbrev till dig i början av nästa år, och du kan ansöka till juristskolan innan deadline. Det skulle vara inom mina regler."

Cynthia log.

"Det låter bra. Tack så mycket, professor. Det betyder verkligen mycket för mig."

"Jag säger inte att jag kommer. Jag säger att jag kunde."

"Åh, vad ska jag göra?"

"Berätta först varför du vill gå på juristutbildningen. Vad är ditt slutmål?"

Han funderade ett ögonblick på att komponera ett bra svar.

"Jo, jag har alltid velat ha en karriär där jag kunde vara en stor förespråkare för kvinnor. Jag är nästan klar med min huvudinriktning i kvinno- och genusvetenskap. Jag har funderat på att bli journalist, där jag skulle kunna rapportera om olika ämnen. Men mina föräldrar sa alltid till mig "De har uppmuntrat mig att prova juridik. Jag har tänkt på det hela terminen, eftersom jag är nära att ta examen. Efter mycket övervägande har jag bestämt mig för att studera juridik är något för mig."

Han nickade.

"Du har verkligen tänkt mycket på det här."

"Ja herre, det har jag."

"Hur är det med dina akademiska prestationer så här långt? Något jag borde veta?"

tänkte hon för sig själv igen.

"Jo, jag har skrivit flera uppsatser i några av mina klasser som fokuserar på kvinnors rättigheter, färgade kvinnor och olika sociala frågor i det här landet och runt om i världen. Jag fick ett A på dem alla."

"Det är inte förvånande. Du ser mig som en väldigt intelligent tjej. Jag gillar det med dig."

"Tack", rodnade hon.

"E-posta mig alla de uppsatser du nämnde. Jag skulle vilja titta på dem innan jag fattar mitt beslut."

"Självklart."

"Jag gillar dig verkligen, Cynthia," sa han. "Jag tycker att du är oerhört begåvad. Kvinnor som du är framtiden för detta land. Om du kan övertyga mig om att du har ett verkligt intresse av att förändra saker, då kommer jag personligen att kontakta mina vänner på de bästa juristskolorna och göra allt möjligt för att få in dig. Hur låter allt det här för dig?"

"Det låter underbart, professor," sa hon med ett strålande leende. "Jag är säker på att du kommer att bli imponerad av vad jag har att erbjuda."

"Jag tvivlar inte på det. Nu, om du ursäktar mig, jag har ett möte inplanerat om ungefär fem minuter."

"Åh, såklart. Tack så mycket."

Cynthia reste sig upp och skakade försiktigt professorns hand medan han satt kvar bakom sitt skrivbord.

När han lämnade kontoret gjorde han sitt bästa för att hålla tillbaka sin spänning.

KAPITEL II

När Cynthia kom tillbaka till sin lilla lägenhet gick hon direkt till sin rumskamrats rum och såg att dörren stod vidöppen.

Teresa låg i sängen och använde sin bärbara dator för att kolla in de senaste skvallersidorna.

"Låt oss se om du kan gissa det?" frågade Cynthia retoriskt. "Jag ska faktiskt säga det rakt ut. Han gick med på att skriva ett rekommendationsbrev åt mig. Kan du tro det?"

Cynthia kom in i rummet och satte sig på sin rumskamrats säng.

"Det är bra! Hur var det att vara ensam med honom? Var det jobbigt? Den där killen är tuff som röv."

"Det var definitivt skrämmande, det kan jag säga dig."

"Och han gick med på att skriva ett brev till dig?" frågade Teresa. "Jag har hört så många historier om smarta studenter som blivit avvisade av idioter som han."

"Fångade honom på gott humör tror jag," Cynthia ryckte på axlarna. "Men det kommer att bli en svår process. Han vill prata med mig lite mer och sedan skriver han ett brev till mig nästa år."

"Nästa år? Jag läste att om man söker tidigt till juristutbildningen så får man en liten fördel med antagningen."

Cynthia log.

"Jag vet. Men han har kopplingar till några av de bästa juristskolorna. Han sa också att han skulle vara villig att kontakta honom personligen å mina vägnar, om jag kan övertyga honom om att jag är värd det."

"Åh wow! Det är fantastiskt."

Teresa lutade sig fram och gav sin vän en stor kram.

"Tack."

"Hur exakt ska du övertyga honom? Den killen är inte lätt att behaga."

Cynthia ryckte på axlarna.

"Jag tror att jag måste visa honom några gamla uppsatser som jag har skrivit. Han var lite vag om det hela. Men jag är ganska säker på allt detta. Jag tror att han verkligen gillar mig. Han sa många trevliga saker ."

"Tja, om någon förtjänar att dra nytta av sina kontakter så är det du."

"Tack. Jag håller tummarna. Jag hoppas bara att han inte ändrar sig."

"Det skulle vara det största kukdraget i världen om jag ändrade mig," svarade Teresa. "Man vet dock aldrig. Men det finns inget sätt att du kan ändra dig."

Cynthia log.

"Du har rätt. Men jag måste fortfarande imponera på honom. Jag ska göra vad som helst. Lita på mig."

"Jag tror det."

KAPITEL III

Det var sent på natten när Cynthia redan hade gått igenom sina gamla filer.

Hon hade organiserat alla de högst rankade uppsatser hon hade skrivit.

Sedan bifogade han dem till en fil.

Han lade också sista handen på sin slutuppsats för professorns klass.

Hon läste den sista artikeln flera gånger för att se till att den var perfekt.

Detta var hennes chans att imponera på mannen som potentiellt innehade nycklarna till hennes framtid.

Han bifogade allt i ett mejl och skrev ett meddelande till professorn:

"Hej lärare,

Jag hoppas att han gör det bra. Tack så mycket för att du träffade mig idag. Jag vet att du är en extremt upptagen person. Jag har bifogat alla uppsatser jag ville se. Jag fick A på alla.

Jag bifogade också mitt slutprojekt för hans klass, som jag slutförde i förväg. Jag hoppas att allt är tillfredsställande. Meddela mig om du behöver något mer från mig eller om du vill träffas igen för att diskutera något som har med rekommendationsbrevet att göra. Jag uppskattar verkligen allt detta.

Med vänliga hälsningar,

"Cynthia"

Han skickade mejlet och hon andades ut av lättnad.

Hon hade suttit framför sin dator i flera timmar, med väldigt lite vila, för att skicka dokumenten till professorn så snabbt som möjligt.

Med tiden kvar innan middagen kollade Cynthia sina Facebook-uppdateringar för att se vad som var nytt i hennes umgängeskrets.

Ett inkommande mejl kom.

Det var ett svar från läraren:

"Vi ses på mitt kontor. Måndag klockan nio på morgonen."

Cynthia blev lite förbryllad över professorns kryptiska och korta svarsmail.

Hon undrade om han ens hade brytt sig om att titta på något av de bifogade dokumenten, på grund av hur snabbt han hade svarat, och om han hade ägnat de senaste timmarna åt att jobba så hårt för ingenting.

Vid det här laget fick han ytterligare ett mejl.

Det var ett annat svar från läraren:

"Vi kommer att diskutera villkoren i rekommendationsbrevet."

Detta var budskapet hon ville ha.

Hon log för sig själv och visste att professorns kopplingar till de bästa juridikskolorna var inom räckhåll.

År av hårt arbete gav äntligen resultat.

Allt han behövde göra var att göra vad läraren ville.

ANDRA DEL
STUDENTEN BESTÄMDE

KAPITEL I

måndag.

Tidigt på morgonen.

Cynthia väntade utanför professorns kontor i en halvformell kostym.

Hon ville framstå som sofistikerad för läraren.

Hon ville bevisa att hon var värd det.

Han kom precis vid nio på morgonen.

Han höll i en liten vanlig papperspåse och tittade knappt på Cynthia när hon reste sig för att hälsa på honom.

De skakade hand, sedan öppnade han kontorsdörren och släppte in henne.

Sedan stängde han dörren.

Situationen var något besvärlig när professorn förberedde sitt skrivbord och slog på sin dator, samtidigt som han uppenbarligen ignorerade collegestudenten som stod framför honom i rummet.

"Jag hoppas att du haft en bra helg", sa hon och bröt spänningen.

Professorn satt bakom sitt skrivbord och Cynthia satt framför honom.

"Jag har haft en bra helg", svarade han. "Jag ägnade det mesta åt att sortera papper. Men jag hann också med andra aktiviteter. Hur är det med dig?"

"Främst skolarbete. Jag har pluggat hårt inför prov och skrivit papper för andra klasser."

Han nickade.

"Som det ska vara."

"Apropå det, har du läst dokumenten jag skickade till dig?"

"Nej, det har jag inte", svarade han rakt av.

"Åh, jag trodde att jag behövde dem..."

"Jag kommer inte att titta på dem, Cynthia. Jag är inte intresserad av att läsa dina uppsatser för andra klasser. Jag har inte tid med det."

"Betyder det att du kommer att ge mig rekommendationen utan att behöva läsa dem?" frågade hon försiktigt.

"Svarade inte. "Du måste fortfarande tjäna det."

"Vad ska jag göra då?"

Han tittade på henne med en skarp blick.

"Är du en diskret person, Cynthia?"

"Vad betyder det?"

"Är du kapabel att hålla en hemlighet?"

"Jag har alltid varit en pålitlig person. Varför?"

"Jag är väldigt intresserad av dig", sa han. "Jag är fascinerad av dig. Men du måste lova mig att allt vi diskuterar kommer att förbli konfidentiellt. Kan du göra det? Om det här löser sig lovar jag att jag ska göra mitt bästa för att få dig till vilken skola som helst du vill. Och jag håller alltid mina löften."

Cynthia tog ett djupt andetag och försökte behålla lugnet.

Hon var inte säker på vart samtalet tog vägen, men hon gillade resultatet.

Hon ville ha hans hjälp.

"Jag lovar. Allt vi diskuterar kommer att vara hemligt."

Han nickade långsamt.

"Jag är glad att höra att."

"Får jag fråga vad det här handlar om? Jag förstår fortfarande inte vad du vill ha av mig."

"Du har gått tre av mina kurser, eller hur?"

"Det är så det är."

"Du har alltid fascinerat mig", sa han. "Sedan dagen vi träffades har jag tyckt att du är en intressant person. Och jag har alltid tyckt om att läsa dina uppsatser. I själva verket, för att vara ärlig, ibland läser jag fortfarande dina uppsatser. Dina tankar om kvinnors rättigheter och kvinnors sexuella friheter är ganska djupgående."

"Tack min Herre".

"Jag har en uppgift till dig", sa han. "Det är helt utanför agendan. Ingen kommer någonsin att veta. Det är självklart att det är valfritt. Men om du gör det kommer jag att ge dig ett automatiskt A i min klass och hjälpa dig att komma in på en högklassig juristskola."

Cynthia nickade tveksamt.

"Väl."

"Det är en läsuppgift. Jag vill att du ska läsa materialet jag tilldelar dig. Och imorgon vill jag att du ska vara här igen klockan nio på morgonen redo att diskutera det."

Professorn tog den bruna papperspåsen och lade den på sitt skrivbord framför Cynthia.

"Vad handlar läsuppgiften om?" frågade hon förbryllad.

"Allt i den här påsen är till dig. Se det som en gåva. Öppna den inte förrän sent på natten. Och jag vill att du läser den markerade historien innan du går och lägger dig. Jag vill ha din insikt på grund av ditt intressanta perspektiv på kvinnors problem. Kan du göra det här åt mig?"

"Burk."

"Bra", nickade han. "Nu, om du ursäktar mig, jag har en hektisk dag. Jag är säker på att du är upptagen idag också. "

"Tack professor."

Cynthia reste sig och skakade professorns hand.

Han tog sedan den bruna väskan och lämnade kontoret.

Han brydde sig inte om att titta in i väskan.

Jag var för rädd för att titta.

KAPITEL II

Den natten låg Cynthia i sängen med lamporna fortfarande tända.

Han hade precis avslutat sin rigorösa kvällsstudierutin.

Hans ögon gjorde ont.

Och hon var mentalt utmattad.

Han tittade på bordet bredvid sin säng och såg den bruna väskan.

Han hade nästan glömt det.

Så kvällen var inte över än.

Han satte sig på sängen och tog väskan.

När Cynthia öppnade väskan blev hon chockad över vad hon såg.

Det fanns en medelstor rosa dildo, som var formad som en mans penis.

Han tog upp den och tittade på den och undrade om det var ett misstag.

Kanske läraren gav mig fel väska?

Varför har han det här?

Men han drog slutsatsen att det inte var något misstag.

Professorn var för precis och intelligent för att göra den här typen av misstag, tyckte han.

Hon lade dildon på sin säng och sträckte sig ner i botten av påsen.

Det enda där var också en väldigt stor bok.

Det var gammalt och slitet.

Hon tittade på omslaget.

Det var en samlingsbok med flera BDSM-historier.

Han tittade på indexet för att se att alla historier handlade om sex.

Och inte vilken typ av sex som helst, utan berättelser om dominans och underkastelse.

"Det här är sexuella trakasserier!" Trodde.

Cynthia stängde boken och lade den på det närliggande bordet.

Jag var arg, chockad och ledsen.

Hon visste inte hur hon skulle känna.

Sedan kom han ihåg lärarens kommentar, att läsning var valfritt.

Hon tyckte att hon var tvungen att göra vad han bad om.

Men då skulle hon inte få något heller.

Efter att ha funderat några ögonblick insåg han att det inte var någon skada.

Det var bara en bok.

Allt han behövde göra var att läsa vad han skulle ha gjort och diskutera det med läraren.

Då skulle hon få lärarens hjälp.

Dildon skulle gå i papperskorgen senare, där den hörde hemma.

Efter ett djupt andetag tog hon boken och lutade sig mot kudden för att bli bekväm. Det fanns ett bokmärke i mitten av boken. Han öppnade den för att hitta berättelsen som läraren hade tilldelat honom.

Hon började läsa.

~~~

Sammanfattning av berättelsen:

Erika var en självständig kvinna, konstnär och feministisk aktivist för kvinnors rättigheter.

Han drev ett framgångsrikt konstgalleri i centrum.

Han blir kontaktad av en man som heter Robert, som erbjuder sig att sälja honom en del av hans eget arbete.

Han visar hennes bilder, och hon är mycket imponerad av målningarna som dök upp på hans bilder.

Men när hon besöker hans lilla atelјé upptäcker hon att det mesta av hans arbete är relaterat till BDSM och att det inte syntes på hans bilder.

På väggen fanns bilder av kvinnor bundna och nöjda.
~~~

Erika säger artigt till Robert att hon inte håller med om innehållet i hans målningar, och tackar sedan nej till hans erbjudande att köpa ett konstverk.

Dagar senare fortsätter Robert att begära en affärsrelation med henne.

Han mailar henne fler av sina bilder, som den här gången visade kvinnorna bundna och munkavle.

Sedan fanns det bilder på kvinnor i olika tillstånd av intensiv orgasm.

Erika kände sig i konflikt med bilderna.

Hon tyckte att de var oanständiga, men i god smak.

De var definitivt stimulerande för henne på något sätt.

Hon var fascinerad.

Hon gick med på att träffa honom igen för att diskutera en möjlig affär.

I sin lilla studio övertygade Robert henne om att BDSM inte var så illa.

Han övertygade henne om att det var något vackert och att kvinnor fick mycket nöje.

Erika var skeptisk, men gick med på att uppleva lätt bondage på Roberts begäran.

Det öppnade dörren för honom att ha Erika som sin nya BDSM-fetisch.

~~~

Efter att ha läst berättelsen blev Cynthia lite upprymd.

Med stressen av kommande slutprov var sex det sista jag tänkte på, men historien förändrade det.

Hon var blöt mellan benen.

Jag var fascinerad av karaktärerna.

Hon blev förtrollad av tanken på att den kvinnliga karaktären i berättelsen skulle bindas upp och användas sexuellt.
~~~

Plötsligt verkade den bruna påsdildon inte vara en så dum idé längre...

KAPITEL III

Nästa dag.

Cynthia satt framför lärarens skrivbord.

Han bara tittade på henne utan att säga ett ord.

Han tog en ny klunk av sitt kaffe.

Ju längre tystnaden pågick, desto obehagligare blev hennes återförening.

"Jag vill veta hur det fick dig att känna", sa han och bröt tystnaden. "Jag vill veta hur ditt sinne fungerade i varje detalj. Är du okej med det?"

"Jag är."

"Har du läst berättelsen jag tilldelade dig?"

"Det gjorde jag. Jag tyckte det var bra skrivet."

"Vad tyckte du mer om det?" frågade. "Vad tyckte du om huvudpersonens utveckling?"

Cynthia stannade en stund.

"Jag tror att huvudkaraktärens utveckling är vanlig för många människor. Jag har forskat mycket om sexualitet genom åren. Människor upptäcker ständigt sina fetischer under hela livet. Det är absolut inget fel med sexuellt utforskande "Det är en del av vara mänsklig."

"Tror du att den historien var realistisk? Tror du att något sådant kan hända en troende feminist?"

"Varför inte?" Hon svarade . "Karaktären i den historien är mänsklig som alla andra. Det faktum att hon är feminist underblåste förmodligen tabut att vara undergiven en dominerande man. Bara för att någon är feminist betyder det inte att de inte kan njuta av ett tillfredsställande sexliv . ".

Han log.

"Du är en väldigt intelligent tjej. Jag tycker om att lyssna på din insikt."

"Betyder detta att jag har förtjänat din rekommendation?"

"Inte än. Jag vill veta om du använde leksaken jag gav dig. Använde du den på dig själv när du läste berättelsen? Eller använde du den efteråt?"

En förbluffad blick dök upp i hans ansikte.

"Vad betyder det?"

"Använde du dildon på dig själv?"

"Jag...jag förstår inte hur det är din sak."

"Det du säger kommer att vara konfidentiellt. Jag går i pension i slutet av året, minns du? Om några veckor till kommer du inte att se mig igen."

Hon tänkte en stund.

"Jag använde dildon på mig själv efter att ha läst berättelsen."

"Vad tänkte du?"

"På huvudpersonen i slutet av berättelsen. Du vet, att vara bunden."

"Har du alltid haft en bondage-fetisch?" han frågade .

"Jag tycker inte att det här är lämpligt. Jag har redan gjort allt du bett om."

"Vi har fortfarande gott om tid", svarade han. "Du är en väldigt speciell tjej. Du jobbar hårt och är väldigt målmedveten. Jag uppskattar de egenskaperna och jag vill att du ska uppleva livets glädjeämnen. Jag försöker inte lura dig. Du borde lita på mig i det här."

"Vad vill du ha från mig?"

"Just nu ger jag dig en annan uppgift."

"Det blir det sista?"

"Kanske", svarade han. "Just nu har du ett A i min klass. Det är allt. Om du lyssnar på mig kommer jag att använda mina kontakter för din räkning."

"Bra", nickade hon.

"Läs den sjunde berättelsen i den boken. Sedan vill jag att du ska onanera med dildon. Imorgon träffas vi igen. Vi kommer att prata om historien. Och jag vill att du berättar allt om din orgasm. Kan du göra det? "

"Ja."

"Bra. Och vi träffas inte på mitt kontor. Jag skickar mötesplatsen till dig i morgon bitti. Förstår du?"

"Lovar du att använda dina kontakter åt mig?"

"Jag lovar."

"Då är det en affär."

TREDJE DEL
RÖD UNDRE DEL

KAPITEL I

Senare samma kväll.

Cynthia och Teresa diskade tillsammans efter middagen.

De hade också lagat mat tillsammans.

Efter att ha torkat och lagt disken på gallret lade Teresa ifrån sig handduken och lutade sig mot bänken.

"Det här är den värsta sista veckan i mitt liv," stönade Teresa. "Varför var jag tvungen att studera biologi?"

"För att du vill göra bra saker med ditt liv. Det kommer att vara värt det."

"Så du tycker?"

"Jag hoppas det," Cynthia ryckte på axlarna.

"Tja, det är betryggande."

Cynthia lutade sig också mot köksbänken och tittade på sin bästa vän.

"Jag kan inte fatta hur långt vi har kommit", sa han. "Vi brukade prata om att vara vuxna när vi var unga. Titta nu på oss. Vi är på väg att göra fantastiska karriärer."

Teresa log.

"En termin till och sedan blir vi inte rumskamrater längre. Det får mig att gråta när jag tänker på det."

"Vi kommer att klara oss. Det är för det bästa."

Teresa nickade med huvudet.

"Du har rätt. Som det går så är du på väg till landets bästa juristskola."

"Den affären har inte gjorts ännu."

"Vad är det som händer med den där killen egentligen? Varför skriver han inte bara det jävla och får det över som en vanlig professor?"

"Han vill bara vara noggrann, det är allt", svarade Cynthia. "Jag tror att vi avslutar efter ytterligare en fråga om min akademiska historia och mina framtida mål. Och sånt."

"Om jag inte visste bättre, skulle jag säga att killen är intresserad av att ha något med dig", svarade Teresa med en dålig ordvits.

"Vad får dig att säga det?"

"Sättet han ropar ut dig i klassen. Sättet han ser på dig. Det är lite uppenbart, ja, för mig i alla fall."

"Han behandlar alla lika i klassen. Dessutom är han gift."

"Det är konstigt att jag har tillbringat så mycket tid med dig på sistone," konstaterade Teresa. "Är du kär i honom av någon slump?"

"Nej!" Cynthia svarade med nöje och fasa. "Hur kan du säga något sådant?"

Teresa gjorde en rolig min.

"Gud. Jag bara undrade. Jesus. Var inte så defensiv."

"Hur som helst, det finns gott om tid att skämta om allt det här senare. Just nu behöver jag plugga. Du är inte den enda personen med brutala tentor."

"Då är det bäst att vi går till böckerna."

"Det är så det är."

KAPITEL II

Efter att ha stängt dörren låg Cynthia bekvämt på sängen och lutade sig mot kudden.

Det var hans favoritställning att studera.

Hon gick snabbt igenom böckerna och anteckningarna från sina klasser.

Hon var redan förberedd och allt gick före schemat.

Han stängde materialet och vilade kort ögonen.

Lärarens läxor väntade fortfarande.

Han undrade kort om Teresa hade rätt i att hon blev lite kär i honom.

Den makt han hade över henne var ett stort tabu.

Cynthia lade sina skolsaker åt sidan och tog upp den stora BDSM-boken. Han återvände till sin bekväma position på sängen och öppnade boken till berättelse sju.

Han började läsa.

~~~

Sammanfattning av berättelsen:

Samantha var en framgångsrik affärskvinna.

Hon hade ett stort kontor på ett företagskontor.

Han hade vant sig vid att ge order till starka män.

Företaget han arbetade för hade köpts upp av ett annat företag.

Plötsligt fick hon en ny manlig chef.

Samanthas nya chef var väldigt annorlunda än någon hon hade arbetat med tidigare.

Den nya chefen skrämdes inte av hennes eller hennes skönhet.

Han utstrålade självförtroende och Samanthas sexappeal fungerade inte på honom.
~~~

Han etablerade sig omedelbart som ansvarig.

Han etablerade sig som deras överordnade.

I slutet av berättelsen hade hon veckovisa besök från honom på sitt privata kontor för att låta honom veta att hon var undergiven.

Samantha fann sig bunden och piskade på sitt eget skrivbord.

Han använde det hål som passade honom bäst.

Ibland knullade han hennes mun, andra gånger knullade han henne analt.

Detta var hans nya roll i företaget.

~~~

Cynthia stängde boken och la ut sina armar och ben på sängen.

Det var en stickande känsla mellan hennes lår.

Innerst inne fick det henne att känna sig skyldig att bli tänd av en berättelse där en man sexuellt förnedrade en stark kvinna.

Men hon var upprymd ändå.

Lärarens uppgift var tydlig: han ville att hon skulle använda dildon.

Han sträckte sig ner i sin låda för att ta sexleksaken.

Sedan tog han av sig underkläderna helt.

Hon låg på sängen med benen spridda och började smeka sin fitta med fingrarna.

När hon var tillräckligt upphetsad och blöt stack han in sexleksaken.

Leksaken gick in och ut ur hennes fitta.

Han höll ögonen stängda.

Hon föreställde sig oförskämda tankar på att den kvinnliga karaktären i boken blev knullad muntligt medan hon var bunden vid hennes skrivbord.

Hon försökte hålla sin onani tyst så Teresa inte skulle höra henne.

Hans sinne hölls sysselsatt, och det var hans fingrar som styrde sexleksaken.

Snart krökte tårna sig och ryggen krökte sig något.
~~~

Hon stängde munnen för att inte göra höga stönande ljud.

Hon kom.

Sedan slappnade hans kropp av och han lade sig på sängen med en känsla av lycka.

Det hade varit en väldigt smutsig fantasi.

Om jag bara hade upptäckt detta tidigare...

KAPITEL III

Nästa dag.

Klockan var åtta på morgonen.

Cynthia hade följt instruktionerna som professorn hade skickat till henne via e-post.

Hon var klädd i en fin knapp med en pennkjol av kontorstyp.

Istället för att träffas på hans kontor möttes de utanför ett tomt klassrum som han låste upp med sin nyckel.

Han bar en papperspåse.

Efter att de kommit in i klassrummet låste han dörren.

"Sätt dig", sa han och tände ljuset.

"Jag är lite nervös idag", sa Cynthia nästan lekfullt när hon gick genom det tomma rummet.

"Därför att?"

"Allt vi har gjort. Det här klassrummet."

"Var inte nervös", svarade han. "Det behöver du inte vara."

"Jag hoppas inte."

Cynthia satt på första raden i det stora klassrummet.

"Bra val", log han. "Goda tjejer sitter alltid på första raden. Jag gillar bra tjejer."

"Har du gjort det här förut?"

"Gjort vad?"

"Det här", svarade hon. "Har du fått andra elever att göra sexuella saker åt dig i utbyte mot ditt rekommendationsbrev eller ett bra betyg?"

"Jag har en prestigefylld akademisk karriär, Cynthia. Jag skulle inte riskera mitt rykte genom att ropa in tjänster från slumpmässiga studenter."

"Varför då göra det här mot mig?"

"För att du är speciell", sa han rakt ut. "Du har fascinerat mig sedan första gången jag såg dig. Du har fascinerat mig varje gång du pratar i klassen och varje gång jag läser ditt arbete. Du är en speciell person. Och du är den vackraste elev jag någonsin har haft."

"Smickrande ord, men hur vet du att jag inte kommer att anmäla dig för sexuella trakasserier? Jag har gjort det förut med andra män."

"Det kommer du inte. Du är för fast besluten att avsluta det här nu. Jag har något du desperat vill ha. Så, ska vi börja nu? Ju tidigare vi börjar, desto snabbare blir vi klara."

Hon nickade långsamt.

"Fram."

"Läste du historien i går kväll?"

"Jag gjorde det."

"Vad tycker du om det?"

Hon tänkte en stund.

"Jag tyckte det var spännande. Jag hade aldrig läst sånt förut. Jag har alltid känt att sex ska vara lika mellan män och kvinnor. Allt ska vara lika. Och uppenbarligen är min politiska hållning på den feministiska sidan. Men det var väldigt spännande att läsa den. Jag älskade den."

"Jag antar att du onanerade med dildon igen."

"Jag gjorde."

"Vad tänkte du på när du gjorde det?" frågade.

"Den kvinnliga karaktären är bunden vid sitt skrivbord. Hon används. Sådant. Det var den mest erotiska delen av historien."

Professorn gjorde en gest mot sin bruna väska.

"Jag trodde att du skulle njuta av den scenen. Som tur var kom jag förberedd. Och som tur är är vi i ett tomt klassrum med ett stort skrivbord. Skulle du vilja experimentera med något nytt?"

"Jag tror inte det ..."

"Dörren är stängd Cynthia. Ingen kommer någonsin att veta. Och jag kommer aldrig att berätta. Jag har för mycket att förlora. Jag går i pension i slutet av året och du kommer aldrig behöva träffa mig igen.

Jag kan också hjälpa dig med stipendier och andra sätt att göra din utbildning mer överkomlig. Vi kan hjälpa varandra."

Han kämpade känslomässigt ett ögonblick.

"Jag vet inte. Jag är inte en sådan person."

"Jag ska göra allt arbete. Du behöver inte göra någonting. Jag kommer inte att penetrera dig oralt eller vaginalt. Jag vill bara utforska."

"Tänk om jag vill sluta?" hon frågade.

"Då slutar vi."

"OKEJ."

"Kom längst fram i klassen. Lägg dig med magen på personalbordet."

Cynthia reste sig och gick mot huvudbordet.

Hon försökte sitt bästa för att sätta på sig ett modigt ansikte.

Det var en gräns som hon aldrig trodde att hon skulle gå över med en man, men det var hon.

Hon var beredd att låta sin kropp användas av en mycket äldre lärare, allt för att vidareutbilda sig.

Hon svor för sig själv att ingen någonsin skulle få veta detta.

Han vilade magen och bröstet på bordet, vänd mot det tomma klassrummet.

Hon slöt ögonen, nästan i ett tillstånd av skam.

Hon hörde professorn gå bakom henne.

Sedan kände hon hur hans händer försiktigt gled uppför hennes pennkjol på kontoret och lyfte upp den.

"Slappna av", sa han. "Jag ska vara snäll mot dig. Du är trygg med mig."

Läraren drog försiktigt ner hennes trosor, och hon lyfte varje fot så att han kunde ta av dem.

Hon kände sig sårbar och utsatt med uppdragen klänning och inga trosor.

Han hörde papperspåsen knarra upp.

Hon fortsatte att klämma ögonen.

Jag var för rädd för att titta.

Sedan kände han hur anklarna knöts med ett mjukt rep.

Hon gjorde inte motstånd och protesterade inte.

Det hände väldigt snabbt.

Innan hon tänkte efter två gånger knöts hennes vrister vid änden av bordsbenen.

Professorn rörde sig runt bordet och upprepade processen med sina handleder.

I en lika snabb process knöts Cynthias handleder mot slutet av bordet.

Hon var helt återhållsam och bunden.

"Snälla slappna av", sa han. "Det blir lättare på det sättet."

Läraren slog försiktigt Cynthias bara rumpa.

Det var en chock och en överraskning för henne.

Det fick hans ögon att vidgas.

Även när hon var liten hade hon aldrig fått smisk.

Det var en ny sensation.

Innan hon känslomässigt kunde bearbeta situationen kom ytterligare en smäll.

Sedan en till.

De milda smisken blev hårdare och hårdare.

Smisken började eka i det stora universitetsklassrummet.

"Hur mår du?" han frågade honom på ett faderligt sätt. "Kan du hantera det här?"

"Det svider lite."

"Det går snart över. Ju tidigare du kommer, desto snabbare blir vi klara."

Hans ögon förblev vidöppna.

Hur lång tid innan jag cum?

Han hade för avsikt att ge henne orgasm, och hon gjorde inte motstånd.

Hon slog inte tillbaka.

Hon sa inte åt honom att jävlas.

Hennes feministiska värderingar urholkades, och innerst inne gillade hon det.

Han hörde ljudet av professorn som sträckte sig tillbaka i sin bruna väska.

Jag var nervös och visste inte vad jag skulle förvänta mig.

När han tappade väskan upptäckte hon vad hon letat efter.

Det kom ytterligare en smäll mot hennes blottade rygg.

Det var inte med hans hand.

Nu hade jag en liten gummiskyffel.

Spaden gjorde mer ont än hans bara hand.

Jag hade en stickande känsla.

Han fortsatte att dunka hennes bara rumpa.

Det började göra mer ont.

Hans rumpa blev en ljus nyans av röd.

Hon bet sig i underläppen och försökte att inte gråta som en fånig liten flicka.

Hon ville inte framstå som svag inför sin dominerande och starka lärare.

Smärtan växte.

Läraren fortsatte att slå hårdare och snabbare.

Hon ville gråta.

Plötsligt stannade han.

Hon lyssnade på honom lägga paddeln på bordet, och sedan knäböjde han för att försiktigt smeka hennes brinnande botten.

Han gnuggade den på ett försiktigt sätt.

Han gav henne mjuka kyssar.

Sedan sträckte han sig ner och lekte med hennes svullna klitoris.

"Åh..." stönade hon.

Hon kunde undvika att göra ljud under smisken, men inte på grund av den direkta stimuleringen av hennes svullna klitoris.

Professorn gnuggade hennes klitoris i en snabb cirkulär rörelse med två fingrar.

Med sin andra hand fortsatte han att smeka hennes ömma rumpa.

Han fortsatte att försiktigt kyssa hennes rumpa som om han tillbad den.

Han gav den till och med några slickar.

"Jag tror att jag kommer att komma", erkände hon pinsamt.

"Cum för mig, älskling. Var min lilla sexkattunge och få en underbar orgasm."

Han tryckte sitt ansikte mot hennes ömma rumpa och fortsatte rasande att gnugga hennes klitoris.

Cynthias ögon rullade tillbaka.

Hans mun var vidöppen.

Hans kropp spände sig.

Musklerna i hans rygg och ben drogs ihop, men han kunde inte röra sig eftersom hans lemmar var bundna vid skrivbordet.

Ljusa stön kom ut från hans mun.

Snart forsade en liten flod av klara vätskor ur hennes heta fitta.

Professorn stoppade inte sina rörelser med fingrarna förrän allt var ute.

Sedan gav han hennes rumpa en ny kyss.

Professorn reste sig och kysste Cynthia på sidan av hennes ansikte.

Han kysste hennes hår några gånger också.

När professorn lossade Cynthia satt hon på golvet i fosterställning.

Hans kropp kändes som gelé.

Hans krafter var borta.

Professorn satt på golvet bredvid henne.

"Du är underbar", sa han. "Riktigt underbart."

"Var det vad du ville?" svarade hon med ett djupt andetag.

"Det var mer än jag ville. Du är verkligen fantastisk."

"Betyder detta att vi är klara?" frågade hon osäker på om han ville att det skulle ta slut eller inte.

"Nej. Vi är inte ens nära att vara klara. Från och med nu har du fått A+ i min klass. Men du har inte förtjänat mina kontakter än. Om du fortsätter ska jag göra mitt bästa för att få dig till den juridikskola du väljer. Och jag hjälper dig att få stipendier för att betala för allt."

"Vad jag måste göra?"

"Nu vill jag att du ska fortsätta studera till dina andra tentor. Du är en typ A-student. Du borde bete dig som det."

"Och då?" hon frågade. "Vad kommer att hända efter att han har tagit proven?"

"Planerar du att åka någonstans? Bor du nära din familjs hus? Eller bor du i en gemensam sovsal?"

"Jag delar lägenhet med min rumskamrat. Vi åker båda hem efter finalveckan. Vi har planerat flyg. Varför?"

Professorn förde sin hand genom håret.

"Avboka ditt flyg. Boka om det några dagar senare."

"Men min familj? De väntar mig snart hem."

"Jag behöver bara några dagar. Berätta för dem att du håller på att avsluta ett viktigt projekt för skolan. De kommer att förstå."

"Vad ska vi göra?" hon frågade.

"När din rumskamrat går vill jag besöka din lägenhet. Jag vill se hur du bor. Jag vill ta min tid med dig. Jag vill att vi ska vara ensamma tillsammans. Jag är nyfiken på dig på ett personligt plan. Som Jag har nämnt tidigare, jag är väldigt intresserad av dig." . Du fascinerar mig ".

"Vad sägs om... sexuellt... Vad har du för planer för mig?"

Han log.

"Det ska vi reda ut."

"Du ska inte jävlas med mig. Jag har en pojkvän och det är där jag drar gränsen."

"Vad kan du göra för mig då?"

Hon tänkte en stund.

"Du kan slå mig igen."

"Kommer du att suga min kuk?"

Hon nickade tveksamt.

"Okej. Men det skulle vara det."

"Det är bäst att vi sätter igång. Glöm inte dina trosor. De ligger på bordet. Och glöm inte våra planer. Jag lovar att det kommer att vara värt det."

Därmed reste sig professorn och la repen och paddlingen tillbaka i den bruna väskan.

Sedan gick han och lämnade henne ensam i vardagsrummet.

Cynthia fortsatte att sitta i fosterställning medan hon samlade sina tankar.

Den orgasmiska känslan flödade fortfarande genom hennes kropp.

Han kunde fortfarande inte säga om han älskade upplevelsen av slaveri, eller om han hatade det.

Men den lilla vätskepölen han lämnade efter sig gav honom svaret.

FJÄRDE DEL
UTFÖR DET SOM KOMMER ÖVERENSAMT

En vecka senare.

Cynthia tittade ut genom fönstret i sin lägenhet för att ta in utsikten utanför hennes hus.

Jag var ensam.

Teresa hade redan lämnat efter att ha avslutat alla sina slutprov.

Cynthia borde också ha lämnat.

Hon borde ha varit hemma med sin familj vid det här laget.

Istället väntade hon på professorn.

Jag hade redan gett honom adressen.

Hon väntade i ett meditativt tillstånd på att han skulle komma.

Hon var klädd i en vacker blå klänning.

Det var elegant och avslappnat.

Hon var barfota och bar ingenting under klänningen.

Allt han hade gjort med professorn var emot hans natur.

Han var emot de starka värderingar han hade vuxit upp med.

Och det stred mot de värderingar jag ville försvara som framtida advokat.

Men läraren hade gett henne den bästa orgasmen i hennes liv.

Jag tänkte på orgasmen varje dag.

Han onanerade och tänkte på läraren varje kväll.

Han undrade vad han hade planerat.

Klockan på gatudörren ringde och hon släppte in professorn i byggnaden.

Hon öppnade lägenhetsdörren och väntade på honom.

När han klev ut ur hissen till golvet i sin lägenhet log hon mot honom.

Han var klädd i en semi-casual outfit och bar på en brun papperspåse.

De hälsade på varandra och han gick in i sin lägenhet med tillförsikt, som om han bodde där.

Cynthia stängde dörren och han såg sig omkring i rummet efter att ha tagit av sig skorna.

"Vackert ställe", sa han medan han fortsatte att undersöka rummet.

"Tack. Jag har bott här i nästan fyra år med min sambo. Vi gjorde så gott vi kunde."

"Har du berättat det här för din rumskamrat?"

"Nej. För guds skull, nej. Jag har inte berättat för någon. Och det kommer jag aldrig att göra."

"Jag borde fortsätta", nickade han. "Du ser underbar ut i den klänningen. Du är som en present som väntar på att öppnas."

"Tack", svarade han nervöst. "Kan jag hämta något att dricka?"

"Jag mår bra. Har du något emot att vi sätter oss ner och pratar?"

"Självklart."

De satt båda i vardagsrumssoffan.

"Jag har en present till dig", sa han.

Han sträckte sig ner i den bruna väskan och räckte Cynthia ett kuvert.

Hon öppnade den och såg ett maskinskrivet brev på ett papper som hade universitetets officiella märken och titlar.

Han bläddrade snabbt igenom sidan.

Det var ett lysande rekommendationsbrev från professorn, som sa att Cynthia utan tvekan var den smartaste studenten han någonsin träffat.

Han berömde också glödande hans moraliska karaktär och arbetsmoral.

Det fanns till och med ett långt uttalande om Cynthias passion för kvinnors rättigheter.

"Jag... jag är mållös", hann hon säga. "Det här är underbart. Det är bättre än något som kunde ha skrivits för mig."

"Du kommer förmodligen inte att behöva det brevet. Jag har redan pratat med en gammal vän som jobbar på en högklassig juristskola. Din ansökan kommer att få en särskild utvärdering."

"Vilken skola?"

"En högre nivå. Du kommer att trivas väldigt bra där. Jag har också pratat med folk om möjliga stipendier. Allt kommer att ordnas under dessa dagar."

Hon lade sina händer på hans bröst.

"Du har ingen aning om hur glad det här gör mig. Jag menar, WOW. Det här är mer än jag någonsin kunde ha hoppats på. Det här kommer verkligen att förändra mitt liv."

"Jag har aldrig gjort så mycket för en student. Jag gör bara det här för dig."

"Jag vet inte vad jag ska säga".

"Du behöver inte säga något", sa han strängt. "Om du vill uttrycka din tacksamhet, ta av dig klänningen."

Det var en nykter stund.

Hans sorglösa ögonblick av spänning möttes av verkligheten att det fanns förutsättningar att uppfylla.

Hon tog ett djupt andetag och reste sig upp.

Deras ögon var fokuserade på varandra.

Hans fingrar klämde i botten av hennes blå klänning.

Hon lyfte sedan sin klänning över huvudet för att avslöja hennes smala ben, rakade fitta och pigga små bröst med rosa bröstvårtor.

Hon stod naken framför honom och försökte sitt bästa för att hålla ett modigt ansikte.

Hon försökte att inte visa några tecken på nervositet eller spänning.

Men hans lätt darrande fingrar förrådde hans nervositet.

Och hennes härdade rosa bröstvårtor blev helt stela, vilket visade hennes upphetsning.

"Perfekt", sa han och hans ögon strövade över hennes nakenhet från topp till tå. "Du är en vision av perfektion."

"Tack."

"Jag är säker på att du undrar vad som finns i väskan. Du ser nervös ut. Oroa dig inte, jag är ingen sadist. Jag är bara en normal man med en väldigt vanlig fantasi."

Hans ögon fortsatte att ströva över varenda tum av hennes kropp och tog in hennes skönhet.

"Vad är det för fantasi?" frågade hon med genuin nyfikenhet.

Han reste sig och sträckte sig ner i väskan.

Han funderade ett ögonblick på att ge ett definitivt svar på Cynthias fråga.

"Jag älskar intelligenta, självständiga kvinnor. Någon som du. Jag stötte på litteratur om sexuellt slaveri för flera år sedan och kände mig konstigt attraherad av det. Jag kände mig väldigt skyldig för det, för jag har alltid varit en stor anhängare av kvinnors rättigheter." som du. Men det är bara en sexuell fantasi, eller hur? Ingen blir skadad. Och alla njuter av det. Håller du inte med?"

"Ja".

"Det är en väldigt vanlig fantasi. Det är ingen skam att njuta av det. Det borde inte vara det."

Professorn tog upp ett svart halsband ur väskan.

Det verkade erotiskt, men skrämmande.

Den gjordes speciellt för sexuella ändamål.

"Vad är det?" hon frågade.

"Det är ett halsband för din hals. Jag tror att det kommer att se bra ut på dig. Det står 'slampa' på det. Det är ett roligt namn för vår tid tillsammans."

"Har du gjort det här med andra kvinnor?"

"Nej. Jag har aldrig haft modet. Jag har aldrig varit särskilt modig."

"Du har min nu."

Han log.

"Du har rätt. Jag förstår dig. Slappna av nu medan jag sätter på dig kragen."

Läraren lade påsen i soffan och borstade Cynthias hår.

Han lindade halsbandet runt halsen och började dra åt det.

Han var noga med att inte lämna det för hårt.

Jag ville inte att han skulle bli överväldigad eller kvävd.

Han ville bara få henne att känna sig lite obekväm, och det gjorde han.

När han steg tillbaka var Cynthia naken förutom halsbandet med ordet WHORE placerat på framsidan av hennes hals.

"Titta i spegeln", sa han.

Cynthia gick till vardagsrumsspegeln, som stod precis bredvid ytterdörren.

Hon tittade på hans nakna kropp.

Hon tittade på kragen runt hennes hals som stämplade henne som en hora.

Det stred mot alla principer hon hade försvarat.

Hon skämdes över sig själv.

Men samtidigt kände hon sig väldigt upprymd.

Ingen kan veta något om detta.

Aldrig.

"Vad tror du?" frågade han och ställde sig bakom henne med ett rep i händerna.

— Det är en provocerande syn.

"Det är det. Sätt ihop händerna nu. Jag ska binda upp dig."

Cynthia satte ihop händerna och professorn band hennes handleder med ett mjukt svart rep medan han fortfarande stod bakom henne.

Det tog inte lång tid.

Inom några ögonblick förenades deras händer.

"Nu då?" frågade hon honom.

Han gick nonchalant tillbaka medan han tittade på henne.

Han stod i mitten av rummet och såg henne rakt in i ögonen.

"Nu vill jag att du ska suga min kuk. Jag är säker på att du är väldigt bra på det. Jag vill att du ska vara en lydig sexkattunge och visa mig hur bra du kan suga."

Cynthia gick mot honom med knutna händer.

Han var mycket längre än henne.

Efter kort ögonkontakt knäböjde hon och började knäppa upp hans byxor med hans bundna händer.

Hon drog ner hans byxor till hans anklar för att avslöja en halvupprätt penis.

Hon tittade på honom ett ögonblick.

Den var lite större än hennes pojkväns.

Han höll den i handen och smekte den kort innan han stannade och funderade.

Hon tvekade.

"Jag vill att du ska veta att jag normalt inte gör det här", sa han efter eftertanke. "Jag har bara gjort sånt här i relationer. Jag har alltid varit emot att kvinnor använder sin kropp eller sin sexualitet för att få som de vill."

"Det är precis därför jag vill ha min kuk i din mun."

Kommentaren kränkte henne lite.

Men det pirrade ändå mellan hennes ben.

Hon lutade sig över för att suga hans kuk.

Hon hade alltid älskat att suga alla sina pojkvänners kukar.

Det var något han hade tyckt om sedan första gången han gjorde det.

Det hade blivit en väldigt spännande sexuell upplevelse för henne.

Och det hade aldrig varit några klagomål.

Hon hade alltid fått strålande recensioner för sina oralsexkunskaper.

Med läpparna lindade runt kuken skakade hon på huvudet medan hon sög.

Hans bundna handleder begränsade hans handrörelse.

Hennes tunga virvlade runt huvudet och kuken.

Hon tittade upp på läraren ovanför sig medan hon fortsatte att suga.

De fick ögonkontakt, vilket var något spännande och delvis förödmjukande.

Hon tittade bort när hon började ta hans kuk djupare in i hennes mun.

Sedan sög hon var och en av hans kulor.

"Du är bra på det här," stönade han. "Jag visste att du skulle bli det. Du har de perfekta läpparna för det här."

"Tack", viskade han, efter att kort ha tagit bort sin kuk från hennes mun.

Hon gick tillbaka till jobbet i hopp om att få honom att sperma så snabbt som möjligt.

Ju mer ansträngning hon gjorde för att suga hans kuk, desto mer tänd hade hon blivit under processen.

Han behövde inte röra hennes fitta för att inse att hon var genomblöt mellan benen.

"Det räcker för nu", sa han. "Jag vill att du böjer dig över matsalsbordet. På magen. Vi ska ha sex om en stund."

Hon tittade förbluffat på honom.

"Vår affär handlade om en avsugning. Det är allt."

"Erbjudanden kan alltid förbättras."

"Snälla. Jag gick precis med på att ge dig en avsugning."

"Rör vid dig själv mellan dina ben. Din kropp vet vad den vill. Om du är torr, så kommer jag ut och ger dig allt du vill ha. Om du är blöt har vi fortfarande arbete att göra."

Läraren var ihärdig.

Cynthia visste att det var vettigt.

Hans hjärta ville det.

Hennes fitta ville ha det.

Det var ingen idé att slåss.

Vad du än gör med det kommer det att kännas bra.

Han kommer att få henne att sperma igen.

Så varför vägra?

Han ställde sig upp och gick mot matsalsbordet, som bara låg några meter bort.

Hon lutade sig fram och lade händerna, ansiktet, brösten och magen på bordet.

Bordet där hon hade delat otaliga måltider med sin bästa vän hade plötsligt blivit en plats för sexuell tillfredsställelse.

Hon undrade vad han skulle göra härnäst, men hon hade ingen aning.

Hon visste inte vad hon skulle förvänta sig.

Han hörde ljudet av väskan som blandade sig medan professorn letade.

Professorn band sina bundna händer vid bordets ben med mer svart rep.

Cynthias handleder var helt återhållna och hon kunde inte röra armarna.

Professorn band också var och en av deras anklar till botten av bordet.

Cynthias ben var spridda och hennes fitta och anus var vidöppna.

"Vet du vad ett gissel är?" frågade.

"Ja", svarade han nervöst.

"Jag ska använda det på dig. Oroa dig inte. Jag kommer inte att skada dig. Det kan göra lite ont. Låt mig veta om det är för mycket."

Cynthia klämde ihop repet hårt när piskan träffade hennes skinkor.

Det andra slaget var kraftigare.

Han kom alltför väl ihåg känslan av den sista smällen.

Det var en känsla han aldrig skulle glömma.

Men piskandet var mycket kraftigare än spaden.

Varje ände av piskning skickade en stickande känsla genom hennes fitta och ryggrad.

Varje ände av flagellen stimulerade henne sexuellt.

Pisslingen flyttade till hans övre rygg.

Klicket var högt bredvid hans öra.

Det sved.

Hon började stöna varje gång hon blev påkörd.

Smärtan blev mer och mer akut.

Men det gjorde även nöjet.

Det blev en kraftfull och perfekt kombination.

Han slog henne hårt på ryggen och hennes fitta blev blöt.

Hon stönade högt för varje slag.

När hennes rygg blev röd riktade han sin piskas uppmärksamhet nedåt och träffade baksidan av hennes lår.

Området var så känsligt att det nästan fick henne att skrika.

Cynthia tog tag i repet hårdare i hopp om att lindra smärtan.

Pisslingen flyttade till var och en av Cynthias skinkor.

Det var den plats som gav honom mest nöje.

Varje ände av piskan slog henne hårt och gjorde henne kåtare.

Pisslingen upphörde för en barmhärtig stund och professorn stack in två av sina fingrar i hennes fitta.

"Herregud", sa han. "Du är som en kran. Stackarn."

"Jag... behöver cum."

Han log.

"Om några ögonblick, kära du. Vi måste avsluta vårt förspel först."

Professorn återvände till sin piskande position och slog försiktigt Cynthia rakt mellan skinkorna.

Hon stönade när ändarna av smisken träffade direkt den ultrakänsliga huden på hennes fitta och anus.

Han lät henne anpassa sig till smärtan en stund innan han skickade ett nytt slag i hennes riktning.

Han fortsatte att slå hennes fitta och anus.

Han sänkte spaken och använde sin öppna hand för att slå hennes känsliga sexuella område.

Smisken var försiktig till en början.

Men sedan ökade han kraften för varje smisk.

Han såg till och med till att slå hennes svullna klitoris, vilket fick henne att stöna som en hora.

Hans hand blev fuktig av Cynthias fittvätskor efter varje smisk.

"Jag tror att du är redo. Vill du sperma nu?"

"Ja", stönade hon.

"Du har varit en bra tjej. Så det är bara rättvist att jag tvingar dig att göra det."

Han sträckte sig ner i väskan igen.

Cynthia kunde inte se vad professorn letade efter.

Allt jag hörde var börsens brus.

Hon kände sedan hur hans fingrar spred hennes läppar när han förde in ett föremål.

Det var en sexleksak.

Smidig och perfekt formad.

Den gled lätt in i hennes fitta på grund av dess ringa storlek, vilket gjorde henne lite besviken.

Hon behövde något större.

Sexobjektet drog sig tillbaka från hennes fitta, vilket gjorde henne besviken igen.

När föremålet tryckte mot den yttre ringen av hennes anus insåg hon vad som hände.

Läraren förde bara in föremålet i hennes fitta för att smörja in det.

Sexobjektet var avsett för hennes rumpa.

Hon stärkte sig när den lilla sexleksaken sakta trycktes in i hennes anus.

Den trängde in i den täta ringen och in i hennes ändtarm.

Professorn tog sig tid och gjorde saker långsamt och ville inte skada henne.

Och hon njöt av känslan av att känna sig utsträckt.

Snart glömde han smärtan han kände av piskning.

Den lätta smärtan av sexleksaken i hennes rumpa var mycket mer kraftfull och spännande.

När den lilla sexleksaken väl var inuti hennes rumpa lämnade läraren den där som stimulans.

Sedan ekade ljudet av ett paket som öppnades i det tysta rummet.

"Vad gör du?" frågade Cynthia med ansiktet stilla nedåt.

"Jag tar på mig en kondom. Jag ska knulla din fitta för att du är en slampa."

Dessa ord skickade ett pirr längs hennes ryggrad och en spänning till hennes fitta.

Trots att hans anklar var bundna försökte han sitt bästa för att sprida benen ytterligare.

Hon ville bli knullad.

Hon ville användas som en köttbit.

Hon visste att läraren inte skulle svika henne.

Han tog hårt tag i hennes höfter och tryckte sin hårda kuk mot hennes läppar.

Han tryckte försiktigt och gick in.

Det var lätt att komma in eftersom hon var utspridd och djupt upphetsad.

Cynthias fitta var en massa het begär.

Professorn njöt av känslan av sin collegestudents fitta.

Sedan tryckte han hela vägen in och fick Cynthia att trycka in sitt ansikte i bordet och flämta.

Professorn lade båda händerna på Cynthias axlar och drog upp henne.

Han rörde långsamt sina höfter och knullade henne.

Cynthia stönade varje gång han tryckte in sin kuk i hennes kropp.

Med händerna knutna klämde han hårt medan han drog i repet.

Hennes känsliga fitta fick ett hårt knull och hennes stön blev högre.

Han strök hennes hår med ena handen och såg till att det var bakom hennes rygg.

Sedan sträckte han sig ner med samma hand för att smeka en av hennes små bröst och nypa den svullna rosa bröstvårtan.

"Är du min hora?" frågade han med fördärvad röst.

"Ja."

"Säg det."

"Jag är din hora", stönade han. "Din smutsiga hora."

Han fortsatte att knulla henne ännu hårdare.

Han fortsatte att klämma på hennes axel med ena handen och böja hennes bröst med sin andra hand.

"Du är väl ingen feminist med mig?"

"Nej."

"Vad är du?" frågade.

"Jag är din hora", stönade han. "Jag måste bli behandlad så här."

Han knullade henne ännu hårdare.

Hennes heta sex gjorde höga smackljud från hans gren som träffade hennes mjuka rumpa varje gång han gav en stöt.

Hans stön förvandlades till oberäkneliga andningsljud när han började tappa kontrollen över kroppens sinnen.

Hon släppte taget.

Hon gav sin kropp helt till professorn.

Hela henne var hans.

Han använde båda händerna för att smeka hennes bröst och nypa hennes bröstvårtor hårt, vilket fick henne att flämta av smärta.

Han nypte dem hårdare och fick henne att flämta lite mer.

"Jag... behöver cum..." sa hon svagt.

"Säg det högre!"

"Jag måste cum! Snälla!"

Han visste precis vad han skulle göra.

Läraren sänkte händerna.

En för att stödja din höft.

Den andra sträckte sig ner för att smeka hennes klitoris.

Cynthia stönade i samma ögonblick som han gnuggade hennes klitoris i en cirkulär rörelse.

I det ögonblicket stimulerades Cynthia av att hennes fitta blev knullad, sexleksaken i hennes rumpa och fingret som lekte med hennes klitoris.

Hon skrek högt och brydde sig inte om om grannarna kunde höra henne.

Det gjorde de förmodligen.

Den som lyssnade skulle förmodligen bli upprymd.

Hon brydde sig inte.

Cynthia skrek och hennes fingrar krökte sig.

Hans armar och ben drog med all kraft i repet, men till ingen nytta.

Hans nedre rygg försökte kröka sig, men greppet var för starkt.

Hans ansikte vred sig av njutning.

Hans ögon vidgades.

Hon kom.

Kraftigt.

Vätskor fanns överallt.

Hennes lilla fitta hade blivit en sexkuk.

Professorn närmade sig sin orgasm.

Även när Cynthias kropp hade blivit slapp och tömd på energi, fortsatte han att knulla hennes genomblöta fitta tills han var nöjd.

Han sköt in stora mängder spermier i kondomen han bar.

Han grymtade och sedan stannade hans stötar innan han lade sig på Cynthias rygg för att vila.

De var båda helt svettiga när sexet var över.

Han fortsatte att kyssa håret på hennes baksida.

"Du är en gudinna", morrade han andfådd. "En sann gudinna. Du har gjort en man helt lycklig."

Cynthia var fortfarande utmattad och andades hårt.

"Och din fru gör inte det?" sa hon med en suck.

"Och din pojkvän?" Sa han lika i en suck.

De skrattade båda.

"Lös upp mig", lyckades hon tala mjukt igen med ett lätt andetag.

Läraren drog ut sin slappa, kondomtäckta kuk ur hennes fitta och började knyta upp henne.

När hon var ledig låg Cynthia på golvet, i sina egna vaginalvätskor.

Professorn satt bredvid henne och smekte hennes mjuka hår.

"Jag ska ge dig vad du vill. Jag ska göra mitt bästa. Du är magnifik."

Hon tittade på honom.

"Du också. Jag har aldrig ... aldrig kommit så förut."

"Vi har några dagar kvar att vara tillsammans. Jag tänker göra det bästa av dem. De närmaste dagarna kommer du att vara min smutsiga lilla sexkattunge. Sedan kan du åka hem till din familj och din pojkvän och njuta av din vila ."

Hon log.

" Jag njuter redan av min paus."

Med det vilade Cynthia huvudet i professorns knä.

Hon tog bort den blöta kondomen.

Hon tog in den slappa penisen i munnen och sög ut resten av sperma.

Professorn stönade.

MYCKET FÖRSTÅENDE LÄKARE

"Doktorn kommer att träffa dig genast, sir, sitt bara där, snälla."

Andrew nickade när han gick fram till undersökningsbordet och satte sig.

Ett veck av silkespapper fyllde bårbordet.

Hon rullade ner skjortärmen när sköterskan stängde dörren efter sig och suckade.

Det hade tagit honom mycket att övertyga sig själv om att gå till doktorn om detta, men han hade äntligen fått nog och var trött.

För att inte tala om att han var frustrerad över sin egen kropp.

Det verkade som en evighet innan dörren öppnades igen, men när den unga kvinnan äntligen kom in och bröt Andrews vandrande tankar, bestämde han att det var värt att vänta.

"Hej, herr Harrison, jag är ledsen för väntan. Jag har haft många patienter som jag har varit tvungen att träffa idag."

Läkaren gick till hennes skrivbord och tog en portfölj, som sköterskan hade lämnat i den, med de anteckningar hon gjort efter de frågor hon ställt till mig om syftet med mitt besök.

"Alla har utan tvekan hittat någon anledning att komma till dig, doktor, jag vet att jag verkligen skulle göra det!"

Hans ögon, en vacker blå nyans som du kände att du kunde simma i, reste sig från hans urklipp för att möta din.

Ett leende dök upp i kanterna av hans läppar.

Mycket, mycket välformade läppar.

"Försöker du berätta för mig att du kom hit idag för att slösa bort min tid, mr Harrison?"

Han skrattade.

"Långt därifrån, tyvärr, Dr. Martínez. Jag är rädd att jag har ett mycket verkligt problem, även om du är den första jag har kommit för att se om det."

Han tittade ner på sitt urklipp.

När hon satt vid det lilla skrivbordet och läste, såg jag hur hon korsade benen.

Hon var en ganska kort latina-kvinna, men hennes bara ben, under kjolen på hennes medicinska klänning, verkade hålla i flera kilometer.

Andrew fann sig själv önska att pennkjolen inte slutade precis ovanför hans knän.

"Det står här att du vägrade prata med sjuksköterskan om den exakta karaktären av ditt besök, herr Harrison, så... prata med mig snabbt, snälla, innan du kan fortsätta."

Andrews axlar föll lite, eftersom de hoppades kunna engagera denna kvinna i ett lite mer privat samtal innan hon avbröt hans tankar med syftet med sitt besök.

Men...hon antog att hon var tvungen att se till att han inte bara var en hypokondriker som hade läst för mycket om något ämne på Internet.

"Jag eh...ja, det verkar som att jag har några...pågående och ihållande problem i sovrummet."

Hon böjde ett av sina perfekta mörka ögonbryn, och han kunde inte förneka att detta gav honom lite spänning när hennes ögon svepte över honom med intriger.

"Du verkar vara en relativt ung man i... ja, utmärkt fysisk kondition, Mr. Harrison. Innan jag går in mer i detalj på dina problem, berätta för mig. Varför valde du att komma hit? Det verkar som ett nytt symptom Jag vet att jag aldrig har haft ett "Ingen har kommit hit tidigare med det problemet, så vem rekommenderade dig till mig?"

Tja, för att vara ärlig, doktor, jag går normalt inte till läkare. "Jag behöver egentligen inte, och faktiskt för just det här problemet, jag... Jag känner mig inte riktigt bekväm med att gå till en läkare för att prata om sånt här."

Hon log fullt ut den här gången.

Hon placerade urklippet på bordet medan hon vände sig mot honom direkt, knäppte händerna runt hans knä.

"Två saker, herr Harrison. För det första, kalla mig fröken Martinez eller Rosa. För det andra, jag tror att vi bättre borde etablera en premiss nu: du måste vara helt ärlig och direkt, okej? Det verkar som att det här är en känslig situation för dig , "Så jag tror att det är viktigt att vi tar detta på allvar och utan fördomar, eftersom vi kommer att fördjupa oss i några ganska personliga skäl. Är det inte rätt?"

"Absolut Rosa. Och kalla mig Andrew, tack."

Hon nickade.

"Okej, Andrew. Berätta för mig, exakt vilken typ av problem pratar du om ? För tidig utlösning? Svårigheter att utveckla erektion?"

Andrew kände hur kinderna fylldes av värme, han kröp lite på bårbordet och lämnade ljudet av prasslande papper och svarade:

"Tja, jag har aldrig haft några problem tidigare, inte ens första gången. Men... jag antar att jag har svårt att få och hålla mig hård. Det viktiga är att jag inte har kunnat få orgasm på över ett år. " "

"Gud, ett helt år; jag tror att jag skulle dö om det hände mig. Har du någon aning om varför detta kan ha börjat hända? Har några förändringar eller dåliga saker hänt i ditt liv, någon dålig upplevelse med en älskare "Förlust av intresse för din fru?"

"Åh, jag har inte haft några problem med min fru eller några älskarinnor."

Rosa log, men gestikulerade uppmuntrande åt honom att fortsätta när han stannade och funderade.

"Jag kan verkligen inte komma på någonting. Jag har levt i samma situation i flera år. Jag gifte mig för ett tag sedan, och jag har inte fått några nya älskare på ett par år."

"Skulle du säga att du normalt har ett aktivt sexliv? Eller har något förändrats sedan detta började hända?"

Andrew ryckte på axlarna.

"Situationen har verkligen förändrats sedan det här började hända. Jag menar att jag har några vänner som jag gillar att ha sex med, eftersom vi har en ömsesidig förståelse. Min fru har inte rört mig på ett tag så det har inte varit så mycket. då och då träffar jag en kvinna i en bar, vilket kan tyckas som om det fanns mer än en vänskap, men i slutändan är det ingen som bara... får problemet med att inte bli hård att försvinna, antar jag."

"Och de här vännerna till dig, vet tjejerna du får relationer med att du har andra vänner? Att du har en fru? Är de okej med det? Eller håller du det hemligt?"

Andrew skakade på huvudet.

Rosa lutade sig framåt medan hon pratade, och han märkte att hennes topp, även om den inte var kort, verkade ha breda mellanrum mellan knapparna.

Stetoskopet han hade placerat runt halsen fastnade i en av dem och verkade ge en liten vy av något lila under när han ändrade ställning och drog i tyget.

"Om jag är i ett samförståndsförhållande behöver jag inte ljuga för dem. Jag döljer ingenting om de frågar mig. Jag ser till att det är tydligt att de andra tjejerna också är mina vänner, och att jag är det. gift om de är intresserade. Och det visar sig också att det finns vänner som jag måste säga att hon tycker mycket om sex. Men om någon ville gå mot exklusivitet skulle jag såklart prata med henne så att hon inte skulle fortsätt göra det. Annars skulle förhållandet avbrytas. Reaktionerna är... blandade, men ofta att "Det säger mig mycket mer om den där tjejen än något annat kan berätta för mig."

"Hmm. Och skulle du säga att du aldrig kunde sluta ha sex med de där vännerna?"

"De är mina vänner. Jag dejtade en tjej en gång där vi gick vidare till den punkten, men jag slutade träffa henne för att hon tänkte på att jag var exklusiv för sig själv."

"Hur hände det?"

"Hon har tydligen glömt den där lilla detaljen som vi kommit överens om."

"Jag förstår. Säg mig; skulle du säga att du är polyamorös eller har du polyamorösa tendenser?"

Andrew rynkade pannan lite, något förvirrad över hur detta hängde ihop med hans problem, men villig att ta itu med det.

"Jag skulle säga att jag är öppen för det, utan att nödvändigtvis behöva det. Jag känner att så länge ett par är öppna och ärliga med vad de vill och förväntar sig av varandras beteende, så ska sex vara vad de vill att det ska vara mellan dem."

"Och exklusivt?"

"Visst kan det vara. Mellan dem, men öppna för upplevelser med andra, både tillsammans eller separat, så länge båda är ärliga och överens. Jag har förvisso varit i relationer där vi delar var och en av sina vänner, och så vidare. Som jag nämnde, även motsatsen, exklusivitet."

"Men bara en?"

"Andra ville också gå till exklusivitet direkt, men... det verkar dumt för mig."

Andrew ryckte på axlarna, men Rosa rynkade pannan.

"Varför är det så?"

"Tja, till exempel med dig. Om vi började ses. Jag känner dig inte, men jag tycker verkligen att du är attraktiv. Om vi börjar dejta, antar jag att du också skulle tycka att jag var attraktiv; så vad är det för fel med att njuta av varandra andra sexuellt utan exklusivitet, om vi är ansvariga?

"Så vad är skillnaden mellan dejting och vänner med förmåner?"

"Hela syftet med dejting är att hitta någon du vill dela ditt liv med, eller hur? Helst under en lång period, om inte för alltid när det kommer till äktenskap. Vänner... du kanske gillar dem, eller njuter av sexet med varandra, men de har kommit att upptäcka, tillsammans eller var för sig, att de inte fungerar bra som ett par. På lång sikt eller i den dagliga föreningen. Men det betyder inte att de inte kan ha bra sex och få varandra att må bra. andra ".

Rosa skrattade.

"Ärligt talat, det är ett ganska sunt perspektiv. Jag önskar att jag hade några vänner med fördelar i mitt liv som du har, eftersom jag behöver stressa ner mycket den senaste tiden."

Rosa satte sig upp, nästan som om hon skulle återuppta ett professionellt uppträdande.

"Ahem. Hur som helst, okej; så... det har inte hänt några händelser, sexuella, professionella eller personliga, som kan ha... avskräckt eller lagt till mycket stress, eller något?"

"Inte vad jag kan komma på."

"Och du kan inte ens bli av med att onanera? Eller från att ha sex med några av dina vänner som du aldrig har haft problem med förut?"

"Nej, inte alls. Och jag har aldrig haft problem med att gå av förut heller. Det här är verkligen frustrerande."

"Och du säger att du har problem med att få och behålla erektion."

"Ja, jag menar att jag blir upphetsad, jag blir stel, men ändå lite uhmmm... lös, om man vill uttrycka det så. Det gör det svårt att tränga igenom, vet du? Och för att vara ärlig , eftersom vi har sagt att vi kommer att bli det, så älskar ett par av mina vänner VERKLIGEN att jag bara kommer i huvudet, en del av anledningen till att vi blev så bra vänner, och vi är RIKTIGT bra på det. Men ändå Jag kan komma nära dem, förmodligen närmare än med något annat, än med mina egna händer, men jag kan inte klimax."

"Kan de inte få dig helt hårt heller?"

Andrew skakade på huvudet.

Rosa rynkade pannan, hennes läppar sammandragna i tankar.

Hon trummade med fingrarna mot hans knä och Andrew hade svårt att inte fantisera om hur det skulle kännas att ha de där läpparna runt hans kuk.

Han hade blivit påslagen så fort hon hade gått in, men han kunde faktiskt känna att hans kuk blev lite stel varje gång han tittade tillbaka på den där bekväma lilla öppningen i hennes skjorta.

Plötsligt reste hon sig.

"Ja, Andrew, jag tror att vi måste göra en fysisk undersökning för att se till att vi utesluter vissa saker. Skulle du ha något emot att vara naken?"

Andrew sträckte sig genast ut för att börja knäppa upp sin skjorta.

"Tja, normalt sett, Rosa, skulle jag åtminstone insistera på en god middag först, men för dig..."

Rosa rodnade lite och bet i underläppen och knäppte händerna framför sig.

"Uh...normalt väntar patienten medan läkaren går ut, så att han kan ta av sig kläderna och ta på sig en sjukvårdsrock. Sedan knackar läkaren på dörren och återvänder på patientens begäran."

Andrew ryckte på axlarna och fortsatte att knäppa upp sin skjorta för att blotta hans håriga bröst.

"Vad är poängen? Du ska undersöka mitt könsorgan, och du kan lätt se mig bar överkropp ute en varm sommardag. Dessutom har du bråttom och jag bryr mig inte. Jag är inte blyg. Definitivt inget du inte sett förut."

Rosa skrattade och hennes ögon föll för att ströva över Andrews överkropp när han tog av sig skjortan.

"Tja, definitivt inget jag inte har sett förut, men... om du är okej med det antar jag att det inte är några problem. Och du vet, du kommer uppenbarligen inte att sluta ändå."

Andrew skrattade, ställde sig upp och böjde sig ner för att börja knäppa upp byxorna.

"Hej, det ser verkligen inte ut som att du går iväg heller."

Hon log mot honom medan hon skakade på huvudet och ryggade lite tillbaka när han klev av steget på undersökningsbordet för att ställa sig på golvet.

Andrews byxor slog i golvet och han tog av dem och tittade på henne med ett lekfullt leende när han hakat tummarna i midjan på sina boxerbyxor.

"Ska du möta den stora avslöjandet, eller skulle du hellre vända dig om och se senare?"

Hon skrattade och gav tillbaka hans lekfulla uttryck, hennes händer grep om hennes stetoskop.

"Bara möta mig, jag är inte säker på att jag kan motstå att slå dig i rumpan om du vänder dig om."

"Tja, i så fall..."

Andrew vände sig snabbt om och böjde sig medan han drog ner sina boxerbyxor, vickade med sin nu bara rumpa i Rosas riktning och vred på huvudet för att titta på henne över sin axel.

Han hade en hand som täckte sin mun och skrattade mjukt.

"Du är DÅLIG, Andrew Harrison. Det är väldigt olämpligt beteende i ett förhållande mellan läkare och patient!"

"Jag säger ingenting om du inte gör det heller, Rosa Martínez."

Hon himlade med ögonen när hon tappade handen, men Andrew märkte att hennes ögon rörde sig över hela hans kropp när han vände sig mot henne och vilade sina händer på hans höfter.

"Så vad nu?"

Rosa tittade spetsigt ner och höjde ett ögonbryn med ett leende.

"Tja, det verkar verkligen som att du inte har så mycket svårt nu...!"

Andrew följde hennes blick; Hanen var stel, det var uppenbart.

Rosa var en mycket attraktiv kvinna, och han hade roligt när han flirtade med henne.

"Tja, ett lik skulle bli stelt av att vara naken i samma rum som du, Rosa, fast det är inte detsamma som en full erektion!"

Hon himlade med ögonen och log lite, men hon verkade verkligen försöka få lite fortsatt professionalism.

Hon sträckte sig upp för att ta av sig sitt stetoskop, men när hon gjorde det föll ett par knappar på blusen upp.

Andrews ögon vidgades när han vände sig om för att öppna en låda.

"Du går tillbaka på bordet och jag ska hämta några handskar..."

Andrew gjorde som han blev ombedd och undrade om de utfällda knapparna skulle leda till en bättre sikt.

Han beundrade Rosas baksida när hennes rygg vändes mot honom, och hans sinne drev till flera elaka scenarier.

"Tja, det här är obekvämt."

Han vände sig om för att hålla en enda blå medicinsk handske i ena handen och en tom låda i den andra.

"Jag måste gå och hämta en ny låda. Du kanske borde sätta på dig en..."

"Pshh; snälla! Du har en. Du undersöker inte öppna sår eller något invasivt. Jag sipprar ingenting någonstans. Jag mår bra om du är okej med det."

Rosa skakade på huvudet.

"Absolut inte, det bryter mot jag vet inte ens hur många regler, och den största är att bryta steriliseringen, och..."

"Dr Rosa. Du måste göra en fysisk undersökning av området för att se till att det inte finns några avvikelser, eller hur? Det är inte som att du får i dig något eller har öppna sår på handen, eller hur? Du kommer inte heller att göra det. lägg fingrarna var som helst på din hand. min".

Hon såg in i hans ögon.

"Du kan mycket väl behöva undersöka din prostata, ärligt talat."

"Jaha, du har en handske."

"Jag kunde bara ha gått ner i korridoren för att ta en ny låda och komma tillbaka."

Andrew log, höjde händerna, ryckte på axlarna och lutade huvudet åt sidan.

"Och ändå gjorde du inte..."

Dr Rosa himlade med ögonen i förbittring och lade snabbt handsken på sin vänstra hand och skakade på huvudet åt honom.

Men han kunde se det lätta draget av ett leende på läpparna och skrynkliga ögonkanterna.

"Du är omöjlig! Öppna dina ben, sir!"

För att inte visa sin egen förväntan spred Andrew omedelbart sina ben för att ge Rosa så mycket tillgång som möjligt.

Han kämpade för att inte sucka av njutning när han kände hur det varma, mjuka, nakna köttet från Rosas högra hand rullade sig runt hans lem, följt av den kalla, torra handsken i hennes vänstra hand som kupade hans bollar.

Hennes fingrar började försiktigt sondera hans längd när hon manipulerade hans bollsäck, rynkade pannan i koncentration och såg otroligt sexig ut när hon lutade sig lite.

Hans ögon vidgades när hennes skjorta föll lite för att avslöja en läcker, krämig yta av mjuka bröst, kupade och stödda av en lila volang bh.

Han kände hur pulsen gick snabbare, kände hur hans kuk steg upp av spänning och spänning från både kontakten och synen.

"Jag känner inga onormala stötar eller raster, så det är bra. Faktum är att jag faktiskt kan... åh! Jaha, då... någon svarar verkligen fruktansvärt plötsligt..."

Hon höjde ansiktet för att titta på honom, och Andrew kände att ännu en våg av sexuell lust och spänning byggdes upp.

Hur skulle det kännas att sänka din kuk i den delvis öppna munnen och känna tungans talang på din ivriga kuk?

Han slet nervöst bort ögonen, rädd att hon skulle se den nakna, råa lusten i dem.

"Jag eh... ja, Rosa, ehmmm... om jag ska vara ärlig..."

Var det ett...hjärnproblem, inte bara på grund av den rent kliniska undersökningstekniken som började ge dig denna känsla?

Andrew kunde inte vara säker.

Men hon kände en nästan överväldigande lust att börja trycka mot hans grepp.

"Andrew, kom ihåg; vi sa att vi skulle vara uppriktiga och ärliga mot varandra. Ingen partiskhet."

Andrew vände sig motvilligt om för att titta på henne.

Hans ansikte var lugnt, men... det verkade glimma i hans ögon.

På något... specifikt sätt knep hon ihop läpparna.

Förväntan?

Synen av hennes händer på honom, närhet av hennes ansikte till hans gren.

Om hon vände på huvudet kunde han förmodligen känna hennes andedräkt mot hans hud.

Utsikten över hennes ganska fantastiska bröst var också något spektakulärt.

Sättet som han omedvetet såg henne på det sättet – ofrivilligt, oskyldigt, men tydligt intimt och privat – var berusande.

Han kände hur hans kuk ryckte i hans händer, hans upphetsning verkade vara utom kontroll.

"Så, ärligt talat, Rosa, det var länge, länge sedan jag hade en klart intelligent, rolig, charmig och helt enkelt fantastisk kvinna som lätt fängslade och väckte mig. Du har din hand på min kuk, och jag har en otrolig utsikt över din tröja som får mig att inse hur länge det var sedan jag såg ett så stort par vackra bröst, och ärligt talat kan jag inte minnas senast jag var så kåt eller dör efter att ha vild sex.

Rosas ögon vidgades, hennes behandsklädda hand föll mot henne för att röra vid kroken på hans skjorta när hon tittade ner.

Hans kinder rodnade omedelbart en djup, ljus skarlakansröd.

Hon tittade på honom och bet i sin underläpp, men han märkte att hon inte tog bort sin bara hand från hans lem när hon sänkte sin handskbeklädda hand, helt enkelt riktade blicken mot hans hårda kuk och sedan tillbaka till ansiktet.

Deras ögon möttes.

Andrew flämtade.

"Jag...jag kan inte ens...jag har...du är hård som en sten. Du har inga problem alls!"

"För första gången på över ett år. Tack vare dig. Jag lovar, jag hittar inte på det här."

Den plötsliga värmen från Rosas läppar när de ivrigt lindade sig runt Andrews kukhuvud fick dem båda att stöna.

Andrews händer tog tag i kanterna på undersökningsbordet när han såg Rosas mun falla ner på hans kuk.

Han kände hur hennes mjuka tunga slickade, gnuggade och retade undersidan av hans erektion när hon andades in honom i munnen.

Hon spinnade runt hans bultande kuk, sög honom när hennes fingrar tog en helt annan typ av beröring och smekning på hans bollar.

Hennes ögon brändes av ett intensivt behov som verkade spegla hennes eget och såg hans reaktion när hon började glädja honom.

När hennes huvud började glida upp och ner på honom.

Han var fascinerad av hennes handlingar, de rytmiska rörelserna på hans värkande kuk och den råa sexualiteten han kände i hennes blick när hon vittnade om njutningen han gav henne.

Glädjen han uppenbarligen kände över att vara källan till det var obeskrivlig.

Hans ögon drev till de korta, skakande blixtarna från hennes bh-klädda dekolletage.

Hon ryckte bort från honom, flämtade mjukt, tittade på de olösta knapparna innan hon log.

"Vill du se mer...?"

Han nickade och försökte att inte lägga märke till salivsträngen som långsamt spred sig från hennes våta läppar till det glittrande kukhuvudet.

Hon höll på att knäppa upp sin blus åt honom, lät den falla ner på golvet bakom henne och sträckte sig genast upp för att lossa spännena på sin behå.

Hon såg hans reaktion när hon långsamt tog bort den från sin kropp och log lekfullt mot honom när hennes vackra, bleka bröst befriades från deras instängdhet.

Andrew stönade tyst vid åsynen.

Utan att tveka sträckte han ut en hand för att kupa hennes bara vänstra bröst.

Han smekte Dr Rosa Martínez varma och ljuvligt mjuka anatomi.

"Åh gud... Rosa...!"

Hennes ögon smalnade, en rysning fick henne att rysa mot honom.

Hon höjde sin hand och placerade ett finger på hans läppar.

"Det var länge sedan en man rörde mig så här... Jag har varit så upptagen att jag aldrig går ut mycket...! Vi... kan inte göra för mycket ljud..."

Han kysste hennes finger, förde sin tunga över spetsen av det och sög det lekfullt, långsamt, medan han tittade på henne.

Han klämde hennes bröst i sin hand och fick henne att stöna mjukt medan han mumlade:

"Det här borde inte handla... allt om mig. Jag vill ha dig, Rosa. Alla ni. Inte bara din mun, inte ens ditt fantastiska bröst. Vi kan båda njuta av varandra, få varandra att må bra. "

Hennes ansikte var rodnad av upphetsning (hennes bröst hade till och med en rosa nyans) och han kunde känna hennes bröstvårta hårt och stack ut mot hans handflata.

Han kände hennes hand glida upp över hans bröst och tillbaka ner för att ta tag i hans kuk.

Ge det en squeeze, ett mycket medvetet smack, den här gången.

"Är du ren...? Är du inte...?"

"Om du?"

Hon svarade genom att ta ett steg bakåt och sträcka ut handen för att ta tag i dragkedjan på sin kjol .

Hon slickade sina läppar när hon såg hans erektion svänga i luften.

Kjolen gled nedför hennes ben utan ansträngning, tätt följt av ett par silkeslila trosor, smickrande klippta.

Doften av hennes upphetsning var stark, och Andrew kunde se den glittrande vätan som glittrade på Rosas inre lår, bokstavligen smyckade sig längs hennes mjuka läppar.

"Jag är inte säker på att vi kan hålla på länge..."

Han skrattade tyst och slickade sig om läpparna när han satte sig tillbaka på undersökningsbordet med ett veck av silkespapper.

Rosa klättrade upp på trappsteget och förde ena benet över hans kropp när hon la sig ovanpå honom och andades ivrigt.

Hon tog tag i hans kuk (skakade hennes hand?) och tittade på honom.

Han gled sina händer längs mjukheten i hennes nakna kropp vördnadsfullt tills de satte sig på hennes höfter.

Han drog henne nära och lät sin bultande spets mot hennes våta ingång, men gick inte längre.

"Du kommer inte att vara den enda, Rosa. Jag hoppas verkligen att du är okej med det. Ingen partiskhet, minns du?"

De kämpade för att stöna tyst när hon gled på honom.

Den våta värmen från hennes kropp lindade sig bekvämt runt honom och kramade om hans värkande erektion djupt i hans djup.

Hon kastade huvudet bakåt, munnen öppen tyst, medan hon tog honom helt.

Hon började slipa sina höfter mot hans kropp.

Hennes bröst höjde sig och uppmanade hennes händer att sträcka sig ut och ta tag i dem båda, samtidigt som han darrade under henne.

Hans skakiga röst lyckades hålla sig mest låg när han reagerade.

"Åhhhhh! Herregud...!"

Hon placerade sina händer mot hans bröst medan hon sänkte huvudet för att titta hungrigt på honom.

Hennes höfter började gunga när hon började rida honom.

Andrews händer gled längs hennes hud, smekte sidorna av hennes kropp, klämde hennes höfter innan de sträckte sig ut för att ta tag i hennes fasta, tonade rumpa.

Hans fingrar krökte sig mot henne, grävde sig in i hennes kött medan han drog henne hårdare mot sig, samtidigt som han använde hennes ben för att möta hans rörelser med sina egna stötar.

Han flåsade under henne.

"Må...så...bra, Rosa...fan...bra!"

Hon log fåraktigt, men ökade bara takten, knullade honom desperat, hennes ögon halvlockade medan hon grymtade i djup tillfredsställelse.

Tidningen skrynklades ihop under Andrew som redan var utom kontroll som reaktion på hennes rörelser.

Han försökte att inte röra på överkroppen lika mycket, men till viss del brydde han sig inte.

Hans kuk bultade ivrigt inom Rosas trånga ramar, en fullständig hårdhet som han inte hade kunnat njuta av på alldeles för länge.

Han kunde känna varje krusning av hennes hala fitta när hon red honom .

Varje klämning och rysning i deras inre muskler när de utbröt som två djur.

Hennes fitta drog ihop sig allt oftare.

Rosas energiska takt blev allt mer frenetisk, tills hon hörde hur hon andades.

Han såg hennes ryggrad spänd när hon böjde sig tillbaka och kände hennes klimax på hans kuk.

Hon slutade dock inte alls.

Rosa fortsatte framåt och bet sig i underläppen medan hon stönade sin förtjusning med stängd mun.

Andrew kunde känna att hans kulor dras åt, han visste att han inte skulle hålla på mycket längre.

Tanken på att han skulle bli mjuk igen och förlora förmågan att fortsätta knulla denna vackra, sexiga gudinna, var hemsk, men han kunde inte låta bli.

Det kändes för bra.

DETTA kändes för bra.

Flåsande rörde han ena handen, sökte mellan deras svettiga, kolliderande kroppar och hittade hennes klitoris att gnugga medan han knullade den.

Rosas ögon vidgades, hennes blick mötte hans igen när hennes mun öppnades i ett tyst skrik.

Hennes fitta knöt sig om honom, ännu hårdare än tidigare .

Helt oförmögen att hjälpa sig själv kände Andrew sin orgasm, hans första på över ett år, komma hela vägen till honom.

Hårda, tjocka strålar av sperma exploderade inuti Rosas fitta, vilket fick Andrew att stöna okontrollerat.

Tills Rosa, mitt i sin egen näbb, slog en av hennes händer för hans mun för att försöka tysta honom.

Hans mun flinade vilt när de darrade mot varandra, förenade i sin extas.

Med fullständig överseende för njutningen av varandras kroppar.

Hans kropp vred sig under henne, och hon gjorde sitt bästa för att mala mot honom .

Allt eftersom han fortsatte att pumpa in mer och mer spermier i hennes fitta som hon ivrigt accepterade.

Ett års uppdämd sexuell frustration exploderade till slut i Rosas kropp.

Varje utbrott verkade slappna av all spänning i Andrews muskler på en helt ny nivå som fick honom att sväva i ett hav av lycka som om han hade blivit drogad.

Rosa flyttade sitt huvud över hans håriga bröst, flämtande när hon tittade upp på honom och kvävde ett skratt när hon föll ihop ovanpå honom, hans händer smekte girigt över hennes kropp.

"Jag kan inte fatta att vi precis gjorde det...! Gud, det var mycket cum..."

Andrews armar lindade instinktivt Rosas kropp och höll henne nära medan hans händer vördnadsfullt smekte hennes mjuka hud.

Bröstkorgen reste sig och föll snabbt när han försökte återhämta sig.

Ett leende bröt hans ansikte när han tittade på henne.

"Ett år, eller åtminstone nästan. Och jag känner att jag fortfarande har mer."

Hon spinnade av förtjusning och fick hans bröst att vibrera.

Andrew svor att han kunde känna hennes spasm runt hans mjuka, förvånansvärt stela kuk, fortfarande fast i henne.

"Jag skulle inget hellre än att mjölka dig varenda droppe, med min kropp eller min mun, men ju längre jag är här, desto mer sannolikt är det att en av sköterskorna kommer in... och jag KAN INTE ha en rättegång ansökt om vårdslöshet eller trakasserier mot mig!"

Andrew höjde en hand mot Rosas kind, hans läppar hittade hennes och de kysste henne långsamt och sensuellt.

Han slöt ögonen och njöt av känslan av hennes läppar, av hennes kropp.

Hur man frossade i sin post-orgsmiska stupor med en sådan otrolig kvinna!

"Tack Rosa. Det var... fantastiskt. Jag kan inte beskriva hur bra det kändes att få känna så igen."

Rosas kinder blev röda när hon bet sig i underläppen.

"Menar du verkligen att...?

"Du har inte riktigt blivit hård eller nått kulmen det senaste året?"

Andrew skrattade lite och gnuggade fortfarande sin tumme mot hennes kind.

Hans andra hand rörde sig för att kupa hennes nakna rumpa.

Det kändes bra att vara så här igen med en kvinna.

"Vad, du trodde att jag ljög om allt det där?

"Bara för att komma i byxorna?"

Hon ryckte på axlarna och log lite fåraktigt.

"Det skulle inte vara första gången något liknande har hänt mig. Det händer de flesta tjejer."

"Jag svär, jag har inte fått orgasm på över ett år hittills, och jag har inte blivit så jobbig åtminstone förrän nu. Det här var första gången jag kunde penetrera en kvinna, än mindre sperma i henne eller få henne att sperma på min kuk i över ett år. Jag känner mig euforisk och ljuvligt generös just nu."

Rosa skrattade och lutade sig in för att stjäla en snabb kyss från hans läppar, men satte sig också upp.

Hon flyttade sina höfter mot honom ett ögonblick och log brett medan hon gjorde det med smala ögon .

Men hon släppte sig sakta från hans kuk.

En översvämning av sperma flydde hennes fitta och gled nerför hennes kropp och samlade sig längs hennes bäcken.

"Jo, då känner jag mig otroligt smickrad, liksom oerhört lättad. För att vara ärlig, det var länge sedan du låg med mig, även om jag och min vibrator är frekventa vänner. Och jag... jag har aldrig gjort det. något liknande förut." .."

Hon såg nervös ut, men Andrew kunde inte låta bli att le.

Även om han förvisso hade haft sin beskärda del av hookups och tillfälligt sex, var detta... något helt annat, och han var inte riktigt säker på vad han skulle säga själv.

Hon såg pölen av sperma när hon sänkte sig till golvet och nästan vände sig om för att gå och ta något för att rensa upp det, men han såg henne stanna och titta på honom.

Luta dig sedan över och ta tillbaka den till munnen.

Hennes tunga la upp hans utspillda frö medan hon sög lätt på honom.

Andrew flämtade och händerna knöt ihop sig på bordets kanter när hans rygg stelnade, men han kunde inte se bort från vad han gjorde.

Hans kuk bultade av njutning, även efter att hon sakta backat från honom.

Hon kysste först spetsen på hans lem och slickade sedan några vilda spermasträngar från hans kött.

Hon log blygt mot honom när hon reste sig upp igen och tittade på hans kuk.

Han var helt klart helt hård igen.

"Det verkar som att du inte har några problem med att bli hård nu, herr Harrison."

Andrew darrade glatt och försökte sitta fram för att hämta sina kläder medan han såg Rosa böja sig fram för att ta upp sina.

"Jag tror att du botade mig, miss Martinez."

Hon log, men när hon gav honom några av sina kläder sträckte hon sig ner för att röra hans kuk lekfullt.

"Jag håller inte med, sir; jag tror att du måste boka ett uppföljningsmöte senare i veckan. Vi måste noga övervaka ditt tillstånd och se till att det inte finns några återfall."

Hans lekfulla leende vacklade lite.

"Det här är allvarligt, men ändå... Jag tror nog att vi kan utesluta fysiska åkommor, men... men vi vill vara säkra på det. Visst, eller hur?..."

Andrew höjde en hand och log mjukt.

"Jag förstår, Dr Rosa. Och jag skulle älska att komma tillbaka till konsultationen. Officiellt, och... även inofficiellt, om du är okej med det. Jag... Jag förväntade mig ärligt talat att du skulle göra en snabb undersökning och hänvisa mig till en psykolog Jag tänkte att "det var ett mentalt eller känslomässigt problem."

Hon rodnade, men nickade när hon tog på sig trosorna.

En mörk ring sipprade långsamt in i tyget, och åsynen av den gjorde Andrew ännu mer upphetsad.

Hon gick för att ta på sig behån igen, men Andrew gjorde en gest åt henne att komma närmare och tittade nyfiket på henne.

Hon gav efter och närmade sig honom igen.

Han höjde genast sin hand för att smeka hennes bara bröst med en mjuk suck.

"Tack. Jag är ledsen, du är bara... Jag tycker att du är otroligt sexig, och saker var så bråttom att jag... Jag ville inte missa chansen att röra vid dem medan jag hade den."

Hon log mjukt och lutade sig ner för att kyssa hans kind innan hon steg tillbaka för att ta på sig kläderna igen och försöka återuppta deras officiella diskussion högt.

"Det är förmodligen det, men eftersom du inte berättade för sjuksköterskorna exakt vad det är för pappersarbete, borde jag nog... ordna så att du får ett nytt besök här så att vi kan vara säkra på symptomen."

Han nickade, reste sig och började ta på sig sina egna kläder.

Rosa tittade kort på honom medan hon ordnade om sina kläder.

Hon slätade till pennkjolen, vilsen i tankar.

Till slut bröt han tystnaden.

"Om du vill, skulle jag... gärna acceptera ditt telefonnummer. För att vara ärlig så vet jag inte hur jag känner om det, utanför stundens... hetta, men..."

"Jag förstår helt, Rosa. Jag vet... vi känner inte varandra så väl, men... Jag hoppas att du vet att jag inte tar lätt på det här, jag kan lita på, och jag... uppskattar det väldigt mycket... allt som hände. Jag skulle aldrig använda något av detta för att skada dig, eller avsiktligt skada dig på något sätt. Om du aldrig vill att detta ska hända igen, skulle jag acceptera, respektera och förstå det valet, men jag hoppas innerligt att du inte ångrar dig, och jag hoppas att jag kan fortsätta att vara "Din patient, åtminstone. Jag kom hit av en anledning, din historia och feedback på dina förmågor som läkare. Jag kan inte berätta för dig hur glad detta har gjort mig, eller... hur det har fått mig att känna mig som en man igen." .

Rosas axlar verkade sjunka lite.

En spänning som lämnade hans hållning när han log varmt.

"Tack, Andrew, det uppskattar jag verkligen. Jag...njöt verkligen av det som hände också."

"Kan jag lämna mitt nummer till dig då?"

Hon nickade och vände sig om för att ta ett papper och en penna.

Sedan erbjöd han henne det.

Han tog den och skrev snabbt ner hennes nummer och lämnade sedan tillbaka det till henne.

Hon slet av det översta lakanet och stoppade ner det i en liten ficka i blusen.

Deras blick möttes, de dröjde en stund, sedan log Andrew och öppnade sina armar.

"Skulle du ha något emot en kram...?"

Hon skrattade och skakade på huvudet medan de kramades.

När de steg tillbaka och Rosa vände sig om för att samla ihop sina saker, skannade hennes ögon kontoret.

Förutom att silkespappret på undersökningsbordet var fruktansvärt skrynkligt, var det ingen som kunde säga vad som just hänt här.

Andrew, som förstod vad han gjorde, sniffade lite i luften och gick sedan bort till ett av fönstren för att öppna det.

Rosa log blygt och nickade.

"I så fall, Andrew... eh, Mr. Harrison, vi kommer till botten med det här problemet som du verkar ha, men vi måste beställa ett nytt möte för en uppföljning senare i veckan, och ju förr desto bättre."

Han bet sig i läppen, blinkade åt henne och sa och sänkte rösten:

"Få mig inte att vänta".

PÅ KONTORET

"Behöver du något mer, fröken Sanders?"

Jag tittade upp från de suddiga raderna och kolumnerna i det utskrivna kalkylarket och blinkade mot Vicky, min sekreterare, som stod i dörröppningen till mitt kontor, med väskan slängd över hennes högra axel.

Någonstans bakom sig kunde hon höra de andra tjejerna på kontoret prata när de stängde sina jobb för helgen.

När hans ord äntligen registrerades i mitt sinne, nickade jag honom snabbt och vickade med fingrarna.

"Sätt igång . Jag borde vara klar här om ungefär fem minuter. Ha en trevlig helg."

Hon spände ögonen åt mig ett ögonblick, men upprepade bara mina sista ord med ett leende innan hon vände sig om och gick med sina kollegor.

Ja, hon kände mig mycket väl.

Fem minuter var vanligtvis femton till tjugo en vanlig dag. Men det var fredagen före en tredagars långhelg, och med färdigställandet av en sammanfattning av kvartalsrapporten som skulle komma på tisdagsmorgonen.

Vem skojade jag?

Jag skulle vara här i ett par timmar åtminstone.

Och det var bara om jag kunde fokusera på att få rätt siffror.

Efter den första timmen med bara lite framsteg gjorde jag en snabb tur till automaten i pausrummet för en koffeinpackad läsk.

Tillbaka vid mitt skrivbord med kolsyran kittlande bak i halsen av en djup drink, stod jag lutad över mitt skrivbord.

Kanske skulle ett annat perspektiv hjälpa.

Just då hörde jag ett lågt morrande.

Långt ifrån att bli förvånad, eftersom jag kände ägaren till det ljudet, såg jag knappt upp för att se Mr Robert González lutad mot dörrposten, med händerna i fickorna på sina snäva byxor.

Han var symbolen för lång och stilig, även om han inte var helt svart...åtminstone inte den del man kunde se.

Hans silverfärgade hår var klippt kortare på sidorna och baksidan, vilket fick honom att se äldre ut än de fyrtio-något år han borde ha varit.

Och hennes lätt solbrända hud tydde på att hon inte hade något emot att vara utomhus, även om hon visste att hon ännu inte hade kommit igång med att bygga band med resten av de manliga cheferna.

"Dra de sista dropparna energi vid midnatt, Erika?"

Jag böjde ett välvårdat ögonbryn och svarade till slut:

"Klockan är sex. Det är bara mitt på eftermiddagen."

Han ryckte lätt på axlarna.

"Det är midnatt någonstans."

"I London."

"Hmm?"

"Om klockan är sex här, är det midnatt i London."

Robert skrattade.

"Du och dina nummer."

Jag himlade med ögonen och lutade mig framåt för att hitta toppen av en kalkylarkskolumn och gled nedåt med fingret.

Ett djupare morrande nådde mina öron.

Jag tittade upp i tid för att se honom justera knuten på sin slips i halsen.

En sekund senare insåg jag att han kunde se toppen av min tröja.

Jag reste mig plötsligt, satte mig på min stol och gick fram till skrivbordet och kände hur mina kinder rodnade.

Jag lyckades knappt hålla mig från att le när han suckade.

"Vad kan jag göra för dig, Robert?"

I samma ögonblick som orden lämnade min mun slöt jag ögonen och knep ihop läpparna.

Jävla freudiansk slip.

"Jag tar ingen avgift, Erika, men om du är villig att betala..."

"Det var ett misstag", mumlade jag och låtsades om att fokusera på de utskrivna sidorna utspridda framför mig igen.

I mitt huvud bad jag halvhjärtat honom att gå.

Sällskapet var inte helt obehagligt.

Men jag ville göra den här rapporten så att jag kunde gå hem och dra i min badtunna med ett glas vin och inte tänka på någonting förrän mitt larm gick på tisdag morgon.

"Siffror motstå, va?" sa han med ett mjukt skratt.

Det hördes ett lätt ljud av skor som fladdrade på mattan.

En stund senare stod han framför mitt skrivbord.

När jag tittade upp igen fick han ett höjt ögonbryn och hans leende vidgades när han tog av sig kavajen och placerade den på baksidan av en av besöksstolarna.

Jag slukade medan han gled ner sin stora hand längst fram på sin grå knappade väst, drog i ärmsluten på sin vita skjorta innan han satte sig i stolen mittemot.

Han korsade höger knä över vänster och knäppte händerna i knät.

Jag försökte ignorera honom medan jag jobbade och drack då och då ur min läskburk.

Och ära och ära, siffrorna började bli vettiga.

Det tog inte lång tid innan jag äntligen kunde börja skriva min rapport.

Han pratade inte, men jag kunde höra hans jämna andetag.

Jag känner hans blick på mig.

Men jag var van vid det från klienter, så Roberts uppmärksamhet störde mig inte.

Inte ens när jag kunde se i min perifera syn att han sakta knäppte upp sin väst och lossade knuten på sin slips.

Jag bet på insidan av min läpp när han justerade sin position och slappnade av i sätet och försökte inte tänka på att han försökte dölja sin upphetsning.

Med blicken fäst på datorskärmen påpekade jag i min rapport var våra förluster kom ifrån och beskrev sedan ett förslag om att återvinna dessa medel under de kommande två kvartalen.

Några minuter senare överraskade hans röst mig och påminde mig om hans närvaro.

"Det verkar som att du jobbar riktigt hårt där, Erika. Även när du tittar på mig från ögonvrån. Tror du att jag inte märker de där sakerna?"

Klumpen i halsen verkade dyka upp från ingenstans.

Det gjorde faktiskt ont att svälja, och den här gången hjälpte inte läsken.

En snabb blick på honom hade varit en dålig idé.

Jag klämde ihop ögonen en stund och blinkade sedan snabbt för att fokusera igen.

Roberts huvud var lutande och det ryckte i mungipan.

"Vad är det för fel? Katten fick din tunga?"

När jag fortsatte att ignorera honom gjorde han ett "tsi, tsi, tsi"-ljud.

Jag kunde inte låta bli att förbanna sakta när han reste sig upp och gick runt mitt skrivbord och stannade rakt bakom mig.

"Du jobbar för mycket. Det är helg. Du borde vara hemma eller ute och ha kul, inte spendera tid på kontoret."

När jag kände att det rörde vid botten av mitt hår, darrade jag.

Mina fingrar darrade på tangentbordet ett ögonblick.

Även min andning var ostadig när jag andades ut.

Helvete den här mannen.

Det hade jag tänkt på i två månader...ända sedan cheferna presenterade oss på ett företagsmöte.

Vi var på samma myndighetsnivå, men från olika avdelningar.

Ins och outs i våra områden korsade sig inte ens.

Men han hade hittat en anledning att besöka mitt kontor minst en eller två gånger i veckan.

Men aldrig efter timmar.

Och det hade aldrig varit så här... lanserat.

alltid varit professionell, men han hade dansat på kanten av repet.

I hemlighet önskade jag att han skulle starta lite.

Inte för att ge mig skäl att anmäla honom, utan för att säkert veta om han verkligen var intresserad av mig...eller om han bara gillade att stoltsera med sin manlighet.

Hon var den enda verkställande direktören i företaget.

De flesta män verkade hålla med om den statusen.

Ett par av dem hade låtit mig veta runt vattenkylaren att de trodde att kvinnor hörde hemma på andra sidan skrivbordet, men ingen hade haft modet att säga det till mitt ansikte.

Jag bad att det ögonblicket aldrig skulle komma från Robert.

Och nu?

Jag hade en känsla av att jag äntligen skulle se den sanna sidan av mannen som hade hemsökt mina drömmar vid mer än ett tillfälle.

Men skulle jag ångra det?

vi var ensamma

Resten av golvet var mörkt bortom mina kontorsfönster.

Och det fanns ingen anledning för någon annan att vara i byggnaden vid denna tidpunkt.

Vaktmästarna kom inte förrän på lördag morgon.

Tänk om Roberts avsikter inte var hedervärda?

Och om...

"Det ser ut som att du kan behöva lindra lite stress, tror du inte?"

Hans röst var precis bredvid mitt öra, hans läppar strök lätt mot den och fick mig att flämta.

Han borstade bort mitt hår medan han pratade.

Och så bet han min örsnibb.

"Svara mig, Erika."

Eld och is.

Det är det enda sättet jag kunde beskriva vad som rörde sig genom min kropp med hans ord...hans handlingar.

Jag kunde inte röra mig.

Han andas knappt .

Och jag hade definitivt inte en ordentlig röst att svara på.

Robert placerade plötsligt sina händer på vardera sidan om mig på skrivbordet och invaderade mitt utrymme ytterligare.

Jag hade åtminstone den tunna stolsryggen mellan oss.

Tills vidare.

Mina ben skakade.

Tack gode gud, jag satt redan.

Det här är vad du väntade på, eller hur?

Jag kämpade för att inte titta på honom av rädsla för att förlora den sista biten av kontrollen över mina känslor jag hade om jag gjorde det.

Men jag kunde inte hjälpa det lilla stönet som flydde mina läppar när han lutade sig in i sidan av mitt ansikte.

Hans läppar rörde vid mitt öra igen.

"Jag vet vad du vill..." viskade han och slickade min lob. "Vad behöver du."

Utan förvarning sträckte han ut handen och tog tag i min vänstra handled, försiktigt men bestämt, tog bort den från skrivbordet och förde den bakom min stol.

Han kupade min hand i handflatan och placerade den stadigt på grenens utbuktning.

Jag gnällde högre och klämde ihop ögonen.

Båda mina händer stängdes instinktivt också, min vänstra lindade sig ännu mer runt hans täckta erektion.

Min fitta knöt ihop sig vid känslan.

Han stönade mjukt och lade tillbaka min hand på skrivbordet.

Värmen från hans närvaro verkade avta, men det stoppade inte darrningen som hade stigit till mina axlar.

Hans varma andetag smekte fortfarande baksidan av min nacke när han andades ut tungt.

En stund senare vänder jag mig långsamt i stolen för att möta honom... och låter mina ögon vara direkt i linje med hans gren.

Med ett flämtande lutade jag mig bakåt i stolen och kastade min blick upp precis tillräckligt länge för att se honom slicka sig om läpparna.

Jag följde sedan efter hans händer när de satte sig på hans midja och lossade hans läderbälte.

Han lossade knappen så långsamt att hon inte var säker på om han verkligen hade gjort det förrän han sänkte dragkedjan.

Jag hörde ett stön från honom när jag började andas mer trasigt och slickade mina läppar.

"Och den där blöta lilla tungan? Gud, du är så jävla sexig, Erika," morrade han och sträckte sig in i sina boxare.

Men han stannade och tog bort handen en sekund senare.

Med sina byxor hängande förföriskt från hans höfter, tog han tag i mina biceps och drog mig lätt på fötter.

Det fanns ingen tid att tänka.

För att uttrycka mitt avståndstagande.

Ena sekunden höll jag andan, nästa sekund tryckte hans varma läppar mot mina med en glöd som jag aldrig upplevt förut.

Värme.

Passion.

Förtvivlan.

Hunger.

Allt det där snurrade i mitt huvud.

Kände jag allt det också?

Hans tunga gick in i min mun och hävdade det.

Hans fingrar stramade mot mina armar och drog mig närmare honom.

Mitt huvud kastades bakåt när han pressade mig framåt medan resten av min kropp lutade sig mot honom.

Känner den där klumpen på andra ställen nu.

Trycker på mig.

Gnuggar mig.

Gör mig tänd.

Jag höll på att smälta in i hans kyss när jag i mitt stön kom på mig själv att sitta upp igen.

Flåsande.

Undrar vad fan som hände.

Roberts andning var oberäknelig.

Och han lutade sig mot skrivbordet och tog tag i kanten med båda händerna.

Stirrade på mig med stora ögon.

När jag tittade ner på hans lätt svävande bröstkorg lyfte han min haka.

Han höll den åt mig.

Han körde sedan tummen över min underläpp innan han tryckte in i min mun en sekund.

Jag tog tillfället i akt och slickade hans finger vilket fick honom att grymta.

Han tryckte djupare.

Snart sög jag spetsen av hans tumme upp till den första knogen när han långsamt flyttade den in och ut ur min mun.

Min haka var fortfarande kuperad i hans fingrar.

Mina ögon var fokuserade på hans.

Vi gjorde båda mjuka ljud av njutning.

Och min fitta slutade inte dra ihop sig.

Vid ett tillfälle gled hans hand.

Han ryckte i min haka för att justera mig, och jag föll framåt.

Jag återfick balansen genom att lägga handflatorna på hennes lår.

Precis bredvid ljumsken.

Som ett resultat stönade jag och sög hans finger hårdare.

Hans väsande av förvåning var hans enda reaktion när han fortsatte att trycka tummen in och ut ur min mun.

Sedan stönade han medan mina händer klämde ihop de fasta musklerna under hans kläder.

En stund senare hade han frigjort sig och ställde sig upp.

Robert sträckte sig in i sina boxare igen och släppte sedan snabbt sin kuk med en skarp utandning.

Kronan, som såg röd och upprymd ut, vilade bara några centimeter från mina läppar.

Spetsen gnistrade med en enda pärlande droppe i mitten.

Min tunga föll ur min mun i förväntan.

"Kom igen."

Hans grova godkännande fick mig att stöna och slicka mina läppar igen.

"Kom igen käring."

Hans kropp svajade lite när mina fingrar satte tillbaka hans och lindade den sammetslena strukturen på hans hårda lem och höll den stadig.

Han stönade högt i samma ögonblick som jag förde spetsen av min tunga till ögat på hans kuk.

Mot den pärlan.

Slickar den och tar tillbaka den till min mun.

Njuter av sältan i hans precum.

Det var han som skakade nu, lutad mot kanten av mitt skrivbord, igen, för att få stöd.

Ilska steg upp i mina ådror, jag släppte en annan slick.

Den platta av min tunga, denna gång, på det platta av hans flexibla huvud.

Ytterligare en förbannelse från honom uppmuntrade mig mer.

Min tredje slick var djärvare och virvlade runt kronan.

En snabb blick upp mot hans utsträckta nacke och slutna ögon visade att jag hade honom där jag ville ha honom ... på min nåd, om än bara för några minuter.

Jag förseglade mina läppar runt hans krona vid nästa slick och sög samtidigt som jag försiktigt klämde min hand runt hans stora kuk.

"Fan, slampa, hur vet du hur man suger!"

Jag hade förutsett hans stöt och steg tillbaka, hans kuk släppte med en mjuk pop.

Efter att ha tagit ett djupt andetag hade jag det tillbaka i munnen.

Djupare nu.

Suger när man smeker.

Stönade när han lade en hand på mitt huvud och drog försiktigt sina fingrar genom mitt hår.

När jag flyttade stolen framåt njöt jag av den kontrasterande, hårda och mjuka känslan av att han glider över min tunga.

Den mjuka strukturen på hennes kläder när jag körde min fria hand upp och ner för hennes ben... runt för att smeka hennes rumpa.

Lukten av maskulin mysk på hans hud varje gång min näsa närmade sig hans bas.

Men precis som med sin kyss drog han sig undan innan jag var redo att sluta.

Lämnar mig stönande.

Sedan satte han mig på fötterna igen, där jag vinglade på hälarna.

"Erika", snäste han och slickade sig om läpparna.

Söker mina ögon.

Han höll mig mot honom i min högra arm, hans fria hand flyttade sig mot min rygg och gled ner och smekte min rumpa.

Vid mitt stön fångade han min underläpp mellan sina tänder.

Och sedan sög han försiktigt när jag tryckte min kropp mot hans, klamrade mig fast vid hans armar.

"Robert!" Jag flämtade när han plötsligt lyfte mig i höfterna och satte mig på mitt skrivbord.

Han tryckte upp min pennkjol och spred ut mina ben och kom mellan dem.

Hans kuk vilade mellan oss, och jag kände hur fukten från hans precum blöt ner min skjorta.

Med ena handen som smekte mitt högra ben genom mina lårhöga strumpor, kupade han mitt bakhuvud och kysste mig.

Väldigt hårt.

Ögonen slutna, jag sjönk äntligen in i hans famn, mina händer vandrade över honom.

Rör vid hans axlar.

Känner att hans muskler flexar och slappnar av.

Värmen strålar genom hans skjorta.

Då låg det i nacken.

Hans hår kittlade mina fingertoppar när hans tunga plundrade min mun.

En av mina skor ramlade av med ett knäpp när jag försökte vira mitt ben runt hans.

Han var också i rörelse.

Tar tag i mitt andra knä, som skavde mot hans höft.

Kläm försiktigt ihop baksidan av min nacke, vilket får mig att böja mig och stöna.

Han smekte sedan sidan av mitt bröst innan han tog det i sin handflata och klämde det hårdare.

Hans tumme smekte min bröstvårta genom min blus och bh.

I min mage kände jag hur hans kuk bultade.

Hårt och varmt.

Jag höll fortfarande tag i hans nacke med min vänstra hand, gled min högra mellan oss och lindade mina kliande fingrar runt hans kuk strax under kronan.

Sedan körde jag tummens dyna fram och tillbaka över spetsen och spred ut den tunna vätskan där.

Att göra narr av slitsen mer.

Robert bet min underläpp igen och drog in den i munnen där han sög på den.

Han vred den med tungan.

Sedan täckte han mina läppar med sina igen.

Bjud in min tunga att dansa.

Ju mer han kysste mig, desto mer morrade han.

Ju mer han kysste mig desto mer böljade jag mot honom.

Svett bildades på baksidan av min nacke under mina fingrar.

Jag kunde också känna det mellan skulderbladen.

Återigen drog han sig tillbaka, men bara in i våra munnar.

Han vilade sin panna mot min, hans andedräkt het i mitt ansikte.

Jag fortsatte att leka med hans kuk, min vänstra hand vilade bakom mig nu.

"Du ... är ... en ... lekfull ... slampa," flämtade han, krympte tillbaka och kysste mig mjukt.

När han gled sin hand under min kjol på mitt lår släppte jag taget och fick lägga min andra hand bakom mig också, för att få stöd.

Då var det jag som bet henne i underläppen för att hennes fingrar strök längre inåt.

"Skit!" Hela min kropp skakade när hans knoge strök mot min trosa täckta fitta.

" Du är känslig", skrattade han.

Han borstade läpparna mot min mungipa och slog mig med knogarna tre gånger till.

För varje slag tryckte han hårdare.

"Mmm. Erika?"

"Eh vad?" Jag blinkade och försökte svälja.

"Du är så blöt, kära slampa."

Mina armar gav ut och jag föll tillbaka på skrivbordet med ett grymtande.

Jag kände ett finger som smekte utsidan av min fitta under trosorna, mina ögon rullade tillbaka.

Min käke tappade och min röst fastnade i halsen.

"Du är så rik", mumlade han.

I min perifera syn såg jag Robert försvinna.

En sekund senare rann något blött ner i min fitta.

Jag skrek till slut och insåg att det var hans tunga.

Sedan kurrade han.

Böjer min rygg.

Vrider mina höfter.

Slår handflatorna mot papperen som ligger utspridda under mig.

På nedervåningen hade han tagit bort mina trosor och attackerade mig med en arsenal av läppar, tänder och tunga.

Men aldrig något genomträngande.

Och ändå, det var det som min kropp tyst bad om.

Något vad som helst...

Tja, inte vad som helst.

Jag ville ha hans kuk, men jag skulle nöja mig med ett finger eller två för nu.

Men han kunde inte läsa mina tankar.

Och tyvärr kunde jag inte hitta orden för att berätta för honom direkt.

Min andra sko föll till golvet när han tog tag i min fotled och höll mitt ben upp och ut.

Jag vred mig mer av känslan av att han slog och cirklade runt min klitoris med vad som förmodligen var hans tumme.

Och jag skrek faktiskt när han sakta slickade min fitta upp och ner.

Retar min spända, känsliga rumpring ett ögonblick innan jag börjar igen.

Jag muttrade en rad sprängord varvat med flämtningar.

Han stönade och släppte mitt ben efter att ha lagt det över hans axel.

En sekund senare kände jag ett par av hans fingrar glida längs samma väg som hans tunga hade gjort innan de tryckte in i mig.

"Robert!"

Mina händer knutna till mina sidor, hela min kropp vred sig på skrivbordet.

Fångad mellan att försöka röra sig bort från hans beröring och att försöka följa hans hand när han började dra sig undan bara för att stöta igen.

Flera saker skramlade när de ramlade av skrivbordet i processen.

Hans djupa, lyhörda skratt sa att jag hade fått önskad reaktion.

Han fortsatte i samma takt, retade och vred önskningarna i mig.

Varje gång mitt ben började halka, fick han tag i baksidan av mitt knä i sin armbågskrok och placerade det tillbaka på sin axel.

Det tog inte lång tid innan jag kom, flämtande och förbannade hans namn.

Rulla mitt huvud fram och tillbaka på skrivbordet.

Knyter och släpper en hand på håret nu.

Den andra masserade frånvarande mitt bröst genom min blus som hon brukade göra när hon var ensam.

Mitt sinne var fortfarande suddigt några minuter senare.

Andningen var ett jobb.

Jag var medveten om att han sänkte foten, men jag kunde inte stänga mina ben eftersom han fortfarande stod mellan mina lår.

Han rörde sig från sida till sida i några sekunder innan hans fingrar smekte mina känsliga underläppar och fick mig att rysa.

Sedan gick han i pension igen.

En stund senare lyfte han mitt huvud direkt under mitt öra, hans tumme smekte upphöjningen av mitt kindben.

Den söta doften av mina välbekanta juicer nådde min näsa.

"Erika?"

Jag mumlade något... Jag öppnade ögonen kort för att se hans ansikte placerat framför mitt.

Spände han käken?

"Vill du ha mer?"

Jag blinkade den här gången.

Han slickade mina läppar.

Jag försökte prata, men det slutade med att jag nickade.

Han utbröt ett mjukt morrande.

"Säg det."

Min fitta knöt ihop och mina ögon fokuserade ett ögonblick.

Min röst var grov när jag pratade.

"Ja. Fan mig, Robert."

Hans egna ögon verkade glänsa.

Han tog ett djupt andetag och gav mig en kort nick.

Med handen på min kind kände jag hur han tryckte mina trosor åt sidan igen med vänster hand innan hans kuk rörde vid min fitta.

Tryckt framåt.

Han stoppade i mig det.

Vi grymtade i takt när han gled in.

Sträcker mig långsamt tum för tum.

Och så vilade hans ljumske mot min.

Han gav en snabb stöt med sina höfter, gick in lite djupare, vilket fick min nacke att böja sig bakåt och mina händer att skjuta upp för att ta tag i hans armar.

Jag spinnade medan han drog sig undan och knuffade fram igen.

Han accelererade lite.

Att etablera din rytm.

Min oregelbundna andning blev mer ansträngd.

Jag kunde inte sluta slicka mig om läpparna.

Så nära.

Han var så jävla nära igen.

Hans vänstra underarm vilade på mig, hans fingrar borstade mitt hår.

Jag vände huvudet mot hans beröring och slöt ögonen.

Stönande när hans andra hand kupade och smekte mitt bröst eller höft genom mina kläder.

"Cum för mig."

Han tryckte sina läppar mot min panna och tog tag i mitt knä och drog det till höften igen.

Min rygg krökte sig i en kramp av hans ord.

Min käke tappade när han medvetet smekte mig, både inuti och utanpå.

Han fortsatte att knuffa mig över klippan.

Kikar över.

Och så ströp jag hans namn, stelnade innan min kropp vände åt höger och sedan vänster.

Mumlande ord han aldrig hade yttrat förut...han visste nog inte ens vad de betydde.

Helvete, de var nog inte ens riktiga ord.

"Gud, du är så vacker Erika."

Roberts flåsande blev ännu mer ansträngd.

Ljuden han gjorde var berusande.

De fick mig att vrida sig under honom.

Jag tror att jag kom en andra gång, eller var det en tredje?

Innan du känner honom spänd.

Han tryckte hårdare.

Och sedan morrade han mitt namn innan han släppte sin kropp på min.

Värmen från hans kropp sipprade genom lagren av våra svettdämpade kläder.

Hans hjärta slog lika vilt som mitt mot mitt bröst.

Eller så kanske det var mitt vad jag kände.

Sedan tryckte hans hand lätt in i mitt hår, hans tumme strök mig från pannan.

Jag växlade mellan att svälja luft och slicka mig om läpparna.

Jag körde min hand upp och ner på baksidan av hans vänstra arm, som han hade stoppat in i min sida efter att han släppts, när jag hade återhämtat mig tillräckligt för att komma ihåg vilka vi var...var vi var.

Ett efterskalv skakade min nedre rygg, vilket fick mina lemmar att rycka.

Min fitta knöt ihop sig och hans kuk ryckte inuti mig.

Vi stönade båda två.

Han lyfte sin vikt från mig, kysste mig mjukt innan han reste sig upp helt.

Jag bet mig i läppen mot ytterligare en spasm i hans fulla reträtt, glad att jag fortfarande hade skrivbordet under mig som stöd.

Hypnotiserad tittade jag på mannen jag hade haft på min radar sedan dag ett.

Det föll mig att han hade tänkt på allt detta, sedan han kom förberedd, när jag såg honom ta bort den använda kondomen, slå in den i ett par näsdukar och kasta paketet i min papperskorg.

Han stod framför mig när han lade ifrån sig kuken och justerade byxorna.

Hon förväntade sig att han skulle fixa klart sina kläder, kanske dra handen genom hans lite röriga hår.

Men jag blev förvånad när han log mot mig och lade en hand bakom min axel och hjälpte mig att placera mig.

Att gå upp.

Han tog mitt ansikte i båda sina händer och kysste mig mjukt.

Sedan steg han tillbaka och lutade huvudet medan han lekte med mitt hår.

Han anpassade min skjorta över mina axlar och slätade med händerna längst fram över mina bröst.

Han rätade på min kjol med en annan hand på min rumpa, vilket fick mig att skaka och le som en dåre.

"Du är presentabel igen."

Hans röst var väldigt mjuk.

Och hans sneda leende och ljusa ögon gav bort att han förmodligen fortfarande höll på att tappa adrenalinet också.

När jag var säker på min balans använde han mina fötter för att vända upp mina klackar och peka dem åt rätt håll så att jag kunde dra på mig skorna igen.

Frånvarande körde jag händerna över min kropp från bröst till rumpa för att se till att allt kändes bra som om han inte hade gjort det själv.

Sedan vände jag blicken mot mitt skrivbord och rynkade pannan.

Mitt överdimensionerade kalkylblad var skrynkligt.

Det var ett virrvarr av karaktärer som såg ut som ett främmande språk på datorskärmen.

Och häftapparaten och pennhinken saknades.

Jag hade åtminstone varit smart nog att spara min anmälan innan han förförde mig.

De tidigare nämnda föremålen dök plötsligt upp igen med två stora manliga händer placerade nära min dator.

Det hade varit ljudet han hade hört tidigare.

Nästan i slow motion höjde jag huvudet och insåg hur väl den skräddarsydda västen passade honom innan jag låste mig in i hans mörka blick.

Under en lång stund tittade jag och Robert på varandra.

Hans munvrå var fortfarande böjd.

Jag märkte att min puls fortfarande rusade.

Efter att blint sträckt mig bakom mig hittade jag ett av armstöden och flyttade tillbaka stolen på plats.

Det var inte förrän jag satte mig upp och vände mig om för att radera det skratt som skrevs på datorn som han pratade.

"Vad gör du, Erika?"

Jag tittade fram och tillbaka mellan honom och monitorn ett par gånger.

"Att slutföra min rapport avbröt du. Det är på tisdag morgon och jag kommer inte att ta hem det i helgen."

Han ryckte i ärmsluten på sin skjorta och i ändarna på sin väst innan han satte sig i samma besöksstol som tidigare och korsade sitt högra knä över sitt vänstra.

"Äh, vad gör du, Robert?"

Han justerade knuten på sin varumärkesslips så att den var närmare hans hals och knäppte sedan händerna i knät.

"Väntar på att du ska avsluta din rapport."

Jag höjde ett ögonbryn.

"Så att?"

Robert gav mig ett elegant leende.

" Att ta henne på middag, förstås, innan du fortsätter detta i en bekvämare miljö för den bakre skanningen. Om det behagar dig, fru Sanders."

Med ett hopp i pulsen och ett ryck i hörnet av mina egna läppar återvände jag till min monitor.

"Mycket bra, herr Gonzalez. Du borde vara klar här om ungefär fem minuter."

SLUTET

www.ingramcontent.com/pod-product-compliance
Lightning Source LLC
LaVergne TN
LVHW101949220826
846093LV00006B/156

* 9 7 9 8 2 1 5 3 8 3 6 2 9 *